Bettina Münster wurde 1980 in Düsseldorf geboren und ist nicht weit davon entfernt aufgewachsen. Seit ihrem dreizehnten Lebensjahr schreibt die Autorin Romane, Kurzgeschichten und Gedichte und hat bereits mehrere Bücher veröffentlicht.

Sie lebt heute mit ihrer Familie in der Region Hannover und schreibt beständig an neuen Werken.

Mehr über die Autorin und ihre Buchprojekte erfahren Sie auf ihrer Website:

https://www.bettinamuenster.com

Besuchen Sie auch ihren Autorenservice:

www.textzirkus.com

Bibliografische Information der Deutschen Nationalbibliothek:
Die Deutsche Nationalbibliothek verzeichnet diese Publikation
in der Deutschen Nationalbibliografie, detaillierte
bibliografische Daten sind im Internet über
dnb.dnb.de abrufbar.

TWENTYSIX
Eine Marke der Books on Demand GmbH

© 2024 Bettina Maaß-Münster 2. Auflage
© 2018 Bettina Münster

Covergestaltung: © Michael E. Vieten

Herstellung und Verlag:
BoD – Books on Demand, Norderstedt

ISBN: 978-3-7407-4382-6

Bettina Münster

Wohin dein Herz dich trägt

1

»Jetzt geh schon! Ich komme hier auch allein klar! Mach dir einfach mal einen schönen Abend und entspann dich ein bisschen!« Tina Sommer musste ihre Chefin beinahe gewaltsam zur Tür hinausschieben.
Schon am Morgen hatte Sarah Westhoff, die Inhaberin des kleinen Buchladens, über Kopfschmerzen geklagt. Im Laufe des Tages waren sie erheblich schlimmer geworden, bis Sarah vor wenigen Minuten innerlich kapituliert und beschlossen hatte, früher nach Hause zu gehen und eine Kopfschmerztablette zu nehmen. Das tat sie sonst nie, daher fühlte es sich für sie wie ein halber Weltuntergang an.
»Ich muss doch noch die Kasse ...« Ihre Angestellte und beste Freundin winkte ab. »Das mache ich heute Abend, du kannst doch nicht mitten am Tag die Kasse machen!«
Sarah stand einen Moment unschlüssig herum und klapperte gedanklich die To Do – Liste ab, die der Laden ihr täglich bot, sah dann zweifelnd durch das bunt dekorierte Schaufenster hinaus in den Nieselregen, der den Dienstag schon seit Stunden immer grauer und trister machte.
Endlich nahm sie ihre Handtasche und ging mit einem Schulterzucken, strebte mit eingezogenem Kopf heimwärts.

Zu Hause angekommen, zog sie zunächst ihre durchnässten Sachen aus, bevor sie eine Tablette nahm und sich unentschlossen auf die Couch setzte. Minutenlang starrte sie Löcher in die Luft, schnippte unsichtbare Flusen von der beigen Oberfläche des Sitzpolsters. Regentropfen prasselten laut gegen die Fensterscheiben. Die feuchten Spuren auf dem Glas ließen die Welt draußen verschwommen und surreal wirken. Das einzige Geräusch abgesehen von dem Regen war das Ticken der Uhr, die an der Wand über dem Fernsehgerät hing und vor dem Hintergrund der New Yorker Skyline stetig und unerbittlich das Fortschreiten der Zeit demonstrierte.

Was taten normale Menschen, wenn sie früher als geplant nach Hause gingen? Sarah war es nicht gewohnt, viel Zeit zu haben. Ihre Tage und Wochen waren mit dem Geschäft, dem Abklappern von Buchmessen, nichtssagenden Dates und anderen Freizeitaktivitäten so ausgefüllt, dass sie selten eine Chance bekam, sich auch nur zwei Minuten zu langweilen oder sich gar Gedanken darüber zu machen, ob möglicherweise etwas in ihrem Leben fehlte.

Seufzend stand sie nach wenigen Minuten wieder auf und durchstöberte ihr Bücherregal auf der Suche nach einem Werk, das sie den Abend über unterhalten konnte, sobald das Hämmern in ihrem Hinterkopf nachgelassen haben würde. Dabei fiel ihr Blick unvermittelt auf einen Briefumschlag, der eingeklemmt zwischen zwei Büchern hing. Mit einem Stirnrunzeln zog sie ihn heraus.

»Leipzig 2008«

Was war 2008 in Leipzig gewesen? Abgesehen von der Buchmesse natürlich. Moment, war da nicht ...?
Von einer flüchtigen Ahnung befallen, öffnete sie den Umschlag und musste unwillkürlich lächeln. Natürlich. Der Abend in dem mexikanischen Restaurant. Mit dem Zeigefinger strich sie sanft über das Foto, schwelgte in der Erinnerung. Es war ein Gruppenfoto, auf dem sie mit Tina und drei Verlegern zusammen an einem Tisch saß. Vor ihnen waren halbleere Teller und einige ebenfalls nur noch unzureichend gefüllte Gläser verteilt, die von einem feuchtfröhlichen Abend zeugten. Da waren Robert Müller und Konstanze Hillmann, die nun schon seit Jahren nicht mehr in der Verlagsbranche tätig waren. Und ... Sam Winslow, mit dem üblichen ihm eigenen Strahlen in den Augen. Das Lächeln auf ihrem Gesicht wurde breiter. Wann immer dieser Mann einen angesehen hatte, war man nicht sicher gewesen, ob er sich lustig machte oder nur freundlich und interessiert war. Es hatte sie immer ein wenig irritiert – und stark angezogen.
»Sam.«
Sein Name klang gut, auch noch nach so vielen Jahren. Wann hatte sie zuletzt mit ihm gesprochen? Vor drei Jahren hatte er angerufen, auf dem Weg zu einer Buchmesse. Er hatte sich dort mit ihr treffen wollen, aber da sie zu dem Zeitpunkt in einer handfesten Beziehungskrise mit ihrem damaligen Freund steckte, war es ihr nicht möglich gewesen, sich loszueisen. Wenige Monate später hatte die Beziehung ein Ende gefunden.

Vor einem halben Jahr hatte Sarah Sam eine E-Mail geschrieben. Ihn gefragt, wie es ihm ginge. Bislang hatte sie jedoch keine Antwort erhalten. Was nicht weiter besorgniserregend war. Sam hatte die Angewohnheit, Freundschaften nur unregelmäßig zu pflegen. Er war einfach nicht gut darin, wie er selbst eingestand. Sarah hatte das nie gestört. Sie wusste, dass er sich irgendwann melden würde.

Einem plötzlichen Impuls folgend ging sie zu ihrer Handtasche, fischte ihr Handy heraus und tippte eine Nachricht ein:

Hey großer Fremder, wie geht es dir? Habe gerade an dich gedacht. Liebe Grüße aus der Bücherwelt, Sarah.

Zu ihrer großen Überraschung hatte sie nicht einmal Zeit, zum Bücherregal zurückzugehen, bis eine Antwort kam. Das Handy in ihrer Hand vibrierte, um Sarah auf die Textnachricht aufmerksam zu machen.

Hallo Büchermaus, es geht mir ganz gut. Das Leben ist manchmal verrückt. Können wir uns treffen? Vielleicht zu einem Spaziergang?

Sarah las die Nachricht dreimal. Er klang müde, zwischen den Zeilen. ›*Das Leben ist verrückt*‹? Was war da los?
Mit plötzlich wild klopfendem Herzen sagte sie zu.

Sie hatten sich kurz entschlossen bereits für den nächsten Tag verabredet, und Sarah war vorher reichlich nervös, wie sie sich selbst eingestehen musste. Würde sich Sam verändert haben, nach Jahren, in denen sie sich nicht gesehen hatten?

Die Frage wurde aufs Angenehmste beantwortet, als er am Eingang des Stadtparks lächelnd auf sie wartete. Es war unglaublich - er sah sogar jünger aus als bei ihrer letzten Begegnung! Die Freude über das Wiedersehen war offenbar auch auf seiner Seite sehr groß, da er sie freudig anstrahlte und sie instinktiv in eine feste Umarmung schloss. Dann schob er sie wieder von sich und musterte sie eingehend.

»Sarah! Du siehst großartig aus! Du hast dich nicht ein Bisschen verändert, wie ist das nur möglich?«

Sie lachte und sah ihn an, studierte ausgiebig das lange vermisste Gesicht. Konnte kaum fassen, dass er wirklich vor ihr stand. Das Strahlen seiner grauen Augen war ungebrochen, auch wenn sein Blick ein wenig müde war. Ein trauriger Glanz lag darin, der Sarah beunruhigte. Die kleinen Lachfältchen um seine Augen und die Längsfalten um seinen Mund herum schienen ein wenig tiefer als früher, aber die Haut strahlte rosig und frisch, als wäre er im Urlaub gewesen. Sie bemerkte, dass sie ihn zu lange angesehen hatte, und lächelte verlegen, während ihre Wangen sich sanft röteten.

»Lass uns ein Stück gehen.«

Wieder blitzten seine Augen sie vergnügt an, mit dieser Mischung aus Freundlichkeit und Witz, die sie nie recht deuten konnte.

Sie schlenderten nebeneinanderher, lauschten dem Knirschen des Kieswegs unter ihren Füßen und dem Zwitschern der Vögel in den Bäumen um sie herum. Es war eine angenehme Stille zwischen ihnen. Eine Stille, die Raum ließ, um die Gegenwart des anderen zu spüren, seine Stimmung in sich aufzunehmen.
Schließlich machte Sarah den Anfang, mit dem einzigen Detail, das ihr bedeutsam erschien. Für sinnlosen Smalltalk waren sie sich schon immer zu schade gewesen.
»Du hast in deiner Nachricht bedrückt geklungen. Geht es dir nicht gut?«
Sam lächelte sie an, beinahe liebevoll, wie sie überrascht bemerkte. »Du bist eine clevere Frau, Sarah. Du hast recht. Das Leben war in der letzten Zeit sehr verrückt.«
Ihre Arme streiften sich beim Gehen. Statt den Abstand zu vergrößern, verringerten sie ihn zeitgleich noch mehr, sodass sie beim Laufen gegeneinanderstießen. Ihre Hände berührten sich, sein Finger streifte sanft ihren Handrücken. Sarah widerstand dem Bedürfnis, ihre Hand in seine zu schmiegen.
»Erzähl mir davon.«

Im Laufe der kommenden Viertelstunde erfuhr sie, dass Sam seinen Job zweimal innerhalb eines Jahres aufgrund der schlechten Wirtschaftslage verloren hatte und dass seine Mutter mit einer einfach nicht heilen wollenden Lungenentzündung lange Zeit im Krankenhaus gelegen hatte – in seiner englischen Heimat, beinahe unerreichbar für ihren Sohn, der sich zunehmend hilflos dem Schicksal ausgeliefert fühlte und sich danach sehnte, die Dinge wieder selbst in die Hand nehmen und beeinflussen zu können.

Sarah hörte aufmerksam zu und unterbrach ihn nur einmal, um eine Zwischenfrage zu stellen. Als sie spürte, wie nahe ihm die Entfernung zu seiner kranken Mutter ging, strich sie ihm tröstend über den Arm. Sam nahm die vertrauliche Geste lächelnd zur Kenntnis und drückte dankbar ihre Hand.

Als er zum Ende seines Berichts gekommen war, setzten sie sich eine Weile auf eine Parkbank und schwiegen, sahen vereinzelten Vögeln zu, die Essbares aus der Wiese pickten. Ruhe breitete sich wie ein schützender Kokon um sie herum aus und hüllte sie ein. Sie mochten die Nähe des anderen. Beinahe schien es Sarah, als würden ihre Körper und Seelen eine eigene Unterhaltung jenseits aller Worte führen, die gegenseitige Nähe in stiller Zwiesprache genießen. Sam verlagerte sein Gewicht, bis sein Bein das ihre berührte. Sie lächelte und rückte ein Stück näher, erwiderte die Berührung.

»Was wirst du jetzt tun?«

Sarah wandte sich ihm zu, musterte seine vertrauten Züge. Sie wusste nicht, ob es an ihr lag, aber der traurige Ausdruck, den sie zu Beginn ihres Treffens wahrgenommen hatte, war aus seinen Augen verschwunden.

Trotz seiner offenbar schwierigen Situation fühlte sie sich plötzlich von einem unglaublichen Glücksgefühl durchströmt. In Sams Nähe zu sein fühlte sich richtig an. Als müsse es genau so sein.

Er nahm ihre Hand und drückte sie, ließ sie nicht wieder los. Sanft umschloss er ihre Finger, genoss die Wärme ihrer Haut.

»Ich werde nach England zurückkehren.«

Er brachte es in einem Ton vor, als wollte er ihr sagen, dass es morgen regnen könnte, und lächelte sie dabei aufmunternd an. Seine Augen verrieten jedoch, dass es eine schwere Entscheidung gewesen sein musste. Sarah nickte und schwieg. Fühlte, wie etwas in ihr plötzlich taub wurde.

Sam würde gehen. Nach England.

Auch wenn der Kontakt zwischen ihnen in den letzten Jahren spärlich gewesen war, so hatte sie doch stets gewusst, dass er nahe war.

England.

Sie würden fliegen müssen, um einander zu sehen. Waren sie eng genug befreundet, um Gründe für Treffen zu finden? Mussten sie überhaupt Gründe finden?

»Dann ... gibst du hier alles auf und gehst ... komplett zurück?« Sie räusperte sich, als ihre Stimme ins Wanken geriet.

»Ja, ich ... ich habe ein Haus gefunden, in der Nähe meines Elternhauses, in dem meine Mutter noch immer lebt. Mein Bruder wohnt mit seiner Familie auch nicht weit entfernt.«

Sarah versuchte, nicht allzu traurig auszusehen.

»Dann hast du deine ganze Familie und alle Freunde in England?«

»Nicht *alle* Freunde.« Er zwinkerte ihr charmant zu, und sie wurde ein bisschen rot.

»Du, Sam?« Sie sah auf ihre Hände, dann wieder in seine Augen.

»Hm?«

»Würde es dir etwas ausmachen, wenn wir ... ab jetzt in engerem Kontakt blieben? Nicht nur alle paar Jahre?«
Sie hatte es nicht fragen wollen. Ihre eigene Stimme hörte sich seltsam dabei an. Fremd. Es war einfach aus ihr herausgebrochen, und ein wenig erschrak sie vor sich selbst.

Nachdenklich ließ Sam seinen Blick über ihr Gesicht gleiten, über die sorgenvoll gerunzelte Stirn und die Hoffnung in ihren schönen blauen Augen, bevor er sich entspannt zurücklehnte.

»Natürlich, sehr gerne sogar. Es tut mir leid, ich ... bin nicht besonders gut im Pflegen von Freundschaften. Aber ich werde mir in Zukunft mehr Mühe geben.«
Sarah lächelte ihn dankbar an. »Das wäre sehr schön. Ich würde dich sonst ... vermissen.«
Die Röte stieg bis in ihre Ohrmuscheln, umso mehr, als er sie unvermittelt zu sich zog und ihr als Dank einen Kuss auf die Stirn drückte.

Als sie sich eine halbe Stunde später verabschiedeten, taten sie dies mit einer langen und innigen Umarmung, die von Herzen kam. Sam hielt sie fest und hob sie ein Stück hoch, bis sie den Boden unter den Füßen verlor und ihr Gesicht lachend in seiner Halsbeuge vergrub.

Als er sie wieder absetzte, sah er ihr lange in die Augen und strich sanft mit seinem Daumen über ihre Wange. Dann nickte er, drehte sich um und ging davon, während sie von innerer Wärme erfüllt den Heimweg einschlug.

Sie sahen sich vor seinem Umzug nicht wieder. Sam musste seinen Haushalt auflösen, das Auto verkaufen, sein neues Haus bewohnbar machen. Aber er hielt sein Versprechen, Kontakt zu halten.
Er hatte ihr verraten, dass sein einziger Plan zunächst darin bestand, sich in seiner Heimat wieder einzurichten und nahe bei seiner Mutter zu sein, die der Hauptgrund für seine Rückkehr war. Sam wollte die Jahre, die Mrs Winslow hoffentlich noch blieben, in ihrer Nähe verbringen und für sie da sein. Etwas, das die vergangenen zwanzig Jahre nicht möglich gewesen war, da er sich bewusst für ein Leben in Deutschland entschieden hatte. Ihre lange Krankheit hatte ihn aufgerüttelt und daran erinnert, dass Familie über alles ging. Vor allem über den egoistischen Wunsch nach unbedingter Unabhängigkeit.

Sarah genoss es, wenn sie einander E-Mails schrieben oder, was allerdings nur einmal vorkam, telefonierten. Jede E-Mail und Textnachricht verursachte ein warmes Gefühl in ihrem Bauch, verbunden mit der Gewissheit, dass es sich einfach richtig anfühlte.
Zudem lernte sie ihn immer besser kennen. Im Laufe der Jahre hatten sie nur wenig Kontakt gehabt, und Sarah war klar, dass sie so gut wie nichts über ihn wusste. Als er sich

nun die Zeit für sie nahm, mitten im Umzugsstress, und mehr über sich erzählte, wurde ihr immer wärmer ums Herz.

Sam war außerordentlich feinfühlig und rücksichtsvoll, der vollendete Gentleman. Er schien stets bemüht zu sein, andere glücklich zu sehen, wollte immer, dass es den Menschen um ihn herum gut ging. Die einzige negative Eigenschaft, die sie an ihm entdecken konnte, war, dass er Ratschläge anderer Personen nur ungern annahm. Er ließ sich nicht gerne etwas sagen. Aber war das zwangsläufig eine negative Eigenschaft, oder gehörte es einfach zu seinem Charakter als Freigeist? Wenn Sarah ehrlich zu sich selbst war, ließ sie sich auch nicht gerne etwas sagen. Was sie aber am meisten beeindruckte und vor allem veränderte, war eine WhatsApp-Unterhaltung, die sie zwei Monate nach seinem Weggang führten. Sarah hatte etwas geschrieben, das sie im Nachhinein albern und dumm fand. Es hatte eine lustige Bemerkung sein sollen, aber schon nach wenigen Minuten wusste sie selbst nicht mehr, was daran witzig war.

Sie wollte Sam gefallen und konnte diese Dummheit nicht einfach so stehen lassen, also entschuldigte sie sich.

Es dauerte fast einen ganzen Tag, bis sie eine Antwort erhielt. Sie schwitzte und fieberte dem Moment entgegen, in dem ihr Handy durch ein ›Ping‹ das Ankommen einer neuen Nachricht ankündigen würde. Es war ihr so unendlich wichtig, wie Sam von ihr dachte.

Sie trug das Handy in ihrer Gesäßtasche mit sich herum, während sie eine Bücherlieferung auspackte und einscannte, legte es neben sich auf den Schreibtisch, wenn sie E-Mails schrieb und hatte es sogar griffbereit, wenn sie Kunden bediente. Mehrfach stellte sie sicher, dass der Nachrichtenton aktiviert und nicht auf stumm geschaltet war. Aber sie erhielt kein ›Ping‹.

Als sie die Hoffnung schon aufgegeben und sich auf den Heimweg gemacht hatte, mit der festen Absicht, den Abend frustriert in der Badewanne zu verbringen, schreckte das heiß ersehnte Geräusch sie schließlich hoch und ließ sie mitten auf der Straße hektisch in ihrer Handtasche wühlen. Mit zitternden Händen öffnete sie die Nachricht.

Du bist, wie du bist, und genau so respektiere ich dich. Es gibt keinen Grund, sich für etwas zu entschuldigen.

Sarah las die Nachricht viermal. Und spürte mit jedem Mal mehr, wie sich etwas in ihr auflöste. Ein Knoten in ihrem Magen, der sie immer dazu hatte bringen wollen, anderen zu gefallen, *Sam* zu gefallen. Sie war gut, wie sie war. Sie war genau richtig, so wie sie war. Dieses Gefühl, dieses Wissen hatte ihr noch nie jemand gegeben. Sarah spürte in diesem Augenblick, dass diese kurze Textnachricht ihr Leben für immer verändert hatte.

2

Drei Monate waren vergangen, seit Sam und Sarah gemeinsam spazieren gegangen waren. Sarah ging ihrem täglichen Alltag nach, bediente ihre Kunden und spürte mit jedem Tag mehr, dass sich etwas verändert hatte.
Sie fühlte sich wohl. In ihrer Haut, ihrem Selbst. Sie begann, sich selbst zu akzeptieren, mit allen Macken und Eigenheiten. Eine Tatsache, die sie noch vor kurzem nicht in dem Ausmaß für möglich gehalten hätte, denn schon immer hatte sie andere Menschen für ziemlich perfekt, sich selbst dagegen für ziemlich fehlerhaft gehalten.
Besaß Sam tatsächlich so viel Gewicht in ihrem Leben, dass seine Meinung, seine kurze Nachricht ausreichte, um ihre Einstellung von Grund auf zu ändern?
Sie kannte die Antwort. Tief in sich. Schon lange.

Es war Samstagmorgen, als sie gedankenverloren, im Jogginganzug und mit riesengroßen Plüschpantoffeln in Tigerkrallenform an den Füßen, zum Briefkasten ging und auf dem Rückweg in ihre Wohnung die verschiedenen Werbeumschläge, Schreiben von Versicherungen und Postkarten von Freunden durchging. Dabei fiel ihr ein Umschlag in die Hand, der sich von allen anderen unterschied.
Sie klemmte sich die restliche Post unter den Arm und kickte mit dem Fuß ihre Wohnungstür zu, während sie den Umschlag erwartungsvoll öffnete und eine graumeliert

unterlegte Karte herauszog. Das Papier war ziemlich fest und sah teuer aus.

EINLADUNG

Zurück in der Heimat dachte ich mir
Es wäre nun Zeit für eine Party hier.
Mein neues Heim scheint fertig zu sein,
Daher lade ich Dich herzlich ein.

Viele Grüße, Sam Winslow

Überrascht zog Sarah die Augenbrauen hoch, bevor sie leise lachte. Sam dichtete? *Ihr* Sam? Die Adresse und das Datum waren ebenso angegeben wie die Bitte um Rückantwort. Diese Einladung passte so erheblich nicht in das Bild, das sie von Sam hatte, dass sie eine Weile nicht aufhören konnte, darauf zu starren.
Vielleicht war das Gedicht auch die Idee eines Freundes gewesen. Oder einer Freundin? Plötzliche Unsicherheit stieg in ihr auf. Die Einladungskarte machte einen fröhlichen Eindruck, und es war ein Gedicht, das Sams gute Laune durchblicken ließ. Was, wenn eine Frau die Urheberin dessen war?
Was, wenn er mit ihr, Sarah, tatsächlich nur diese harmlose Freundschaft pflegte, in der es zwischendurch knisterte, und währenddessen eine neue Liebe gefunden

hatte? Vielleicht war sie sogar mit für seine Rückkehr nach England verantwortlich gewesen, und Sam war nur zu feinfühlig gewesen, es Sarah zu sagen?

Aber mit welchem Recht machte sie sich darüber überhaupt Gedanken? - Denn er war schließlich nur ein Freund, oder?

Sarah legte die Karte bedächtig auf den Esstisch und starrte darauf, wie man ein Tier anstarrt, das zwar wunderschön aussieht, von dem man aber nicht sicher ist, ob es möglicherweise gefährlich sein könnte.

Es stand außer Frage, dass sie die Einladung annehmen würde. Aber was wäre, wenn sie dort seiner neuen Freundin begegnete? Wäre sie eifersüchtig? Sie war zu feige, sich diese Frage ehrlich zu beantworten, und schob den Gedanken schnell beiseite. Stattdessen setzte sie sich an ihren Laptop, buchte für das genannte Wochenende einen Hin- und Rückflug und suchte sich anschließend eine kleine Pension aus. Nachdem sie alles arrangiert und das Zimmer telefonisch bei der freundlichen Pensionswirtin reserviert hatte, schrieb sie Sam eine kurze E-Mail, in der sie sich für die Einladung bedankte. Eine halbe Stunde später ergänzte sie ihre Zusage auf seine Nachfrage hin um die Angabe, in welcher Pension sie abzusteigen gedachte.

Es waren noch zwei Wochen bis zu der Party. Und Sarah war eins sofort klar: Das würden die längsten zwei Wochen ihres Lebens werden.

Selbst die längsten zwei Wochen haben Gott sei Dank irgendwann ein Ende - auch wenn man bereits nach zwei *Tagen* glaubt, die Zeit würde stehenbleiben, sich lähmend über einen legen und jede Bewegung zur Qual werden lassen.

Sarah hatte sich während dieser Zeit mit einem sehr surrealen Gefühl der Trance durch ihr Leben bewegt. Jeder Kontakt mit ihren Kunden schien endlos viel Kraft zu kosten, und das Lesen eines neu erschienenen Buches erforderte ein Maß an Konzentration, das sie schlicht überforderte. Sarah wusste nicht, warum die bevorstehende Party bei Sam ihr so zusetzte. Aber die Erinnerung an die Nähe zwischen ihnen, an seinen Duft, als er sie umarmt hatte, auch wenn es bereits Monate zurück lag, hielt sich hartnäckig in ihrem Bewusstsein.

Um dieser Trance entgegen zu wirken, hatte sie sich mit Verabredungen, intensiver Lektüre und viel Sport abgelenkt. Das Ergebnis dieser Beschäftigungstherapie war allerdings, dass sie ziemlich ausgelaugt war, als sie endlich ihre Tasche für das Wochenende packte.

Nervös stand sie in ihrem Schlafzimmer, die kleine blaue Reisetasche vor sich auf dem Bett. Über die Unterwäsche brauchte sie nicht nachzudenken. Sarah war noch nie eine Frau gewesen, die ihre Reize übermäßig zur Schau gestellt hatte, und besaß entsprechend trotz regelmäßiger Dates kaum Dessous. Stirnrunzelnd musste sie nun zugeben, dass es vielleicht auch daran lag, dass selten ein Mann wiederkam. Ausgewaschene Slips und einfarbige, schmucklose BHs waren nicht gerade der Traum eines

Mannes, der auf eine heiße Nacht mit einer hübschen Frau hoffte. Mehr aus Vernunftgründen packte Sarah schließlich das einzige Negligé ein, das sie besaß, einen Fummel aus blauschwarzer Seide, eher ein Hauch von Nichts als ein Nachthemd. In diesem Moment fiel ihr zum ersten Mal auf, dass sie sich für ihre Unterwäsche schämte – und beschloss, diesen Umstand zu ändern, sobald sie aus dem Wochenende zurück sein würde. Froh, das Thema Wäsche abgehakt zu haben, wandte sie sich dem Inhalt ihres großen Kleiderschranks zu.

Mit zitternden Händen zog sie ein rückenfreies Partykleid aus dem Schrank, nur um es schnell wieder darin verschwinden zu lassen und gegen eine Ballonhose auszutauschen, in der sie sich zu verstecken beabsichtigte. Eine innere Stimme schalt sie Sekunden später für diesen Versuch, sodass sie endlich auf ein weniger tief ausgeschnittenes, schwarzglänzendes Kleid auswich, das eng den Körper hinunterfloss, ohne dabei unanständig zu wirken. Nach einer Stunde, die ihr lächerlich lang für so wenig Gepäck vorkam, hatte sie schließlich fertig gepackt und beschloss, viel zu früh ins Bett zu gehen, um ihre Nervosität gegen Schlaf einzutauschen.

Als Sarah den Flughafen Cambridge am Freitag gegen Mittag erreichte, war sie mit den Nerven bereits ziemlich herunter. Aufgrund einer Sicherheitswarnung war der Flug um eine volle Stunde verschoben worden, und der nette ältere Herr, der den Fensterplatz im Flugzeug neben ihr besetzt hatte, unterhielt sie in einem stetigen Redefluss mit den neuesten Schreckensmeldungen von durch Bomben verursachten Abstürzen. Als er sie beim Aussteigen nach ihrer Nummer fragte und Interesse bekundete, sich zu einem romantischen Abendessen mit ihr treffen zu wollen, entgegnete sie trocken: »Danke, aber da stürze ich dann doch lieber mit einem Flugzeug ab.«

Sie hatte dann, nachdem sie eine knappe halbe Stunde auf ihre Reisetasche hatte warten müssen, das fünfte Taxi erwischt, da ihr die vier vorherigen vor der Nase weggefahren waren, und lehnte sich schließlich frustriert und ungeduldig gegen die Scheibe im Fond des Wagens, während draußen das sommerliche Treiben der Stadt an ihr vorüberzog und sie sich wie eine Statistin in ihrem eigenen Leben fühlte.

Ruhiger wurde sie erst, als sie Cambridge hinter sich ließen und Sarah einen Blick auf die wunderschöne englische Landschaft werfen konnte, die im Licht der warmen Sommersonne leuchtete und ihren würzigen Duft verbreitete. Zwar war sie schon einige Male auf der Insel gewesen, aber ihre Schönheit verzauberte sie jedes Mal aufs Neue.

Saftig grüne Wiesen und wogende Getreidefelder wurden von niedrigen Hecken umrahmt, und in den kleinen Tälern zwischen sanften Hügeln waren versteckte Ortschaften kaum auszumachen. Nur hier und da ragte ein alter Kirchturm majestätisch zwischen den Bäumen hervor, gab eine gewundene Straße den Blick für wenige Momente auf zauberhafte, von Blumenrabatten erstickte Cottages,

verschlafene Gassen und alte, halb verfallene Friedhöfe frei.
Endlich erreichten sie das idyllische Örtchen, das Sam seine Heimat nannte. Der Taxifahrer fragte freundlich nach, ob sie eine kleine Runde durch den Ort drehen wollte, was Sarah dankend ablehnte. Sie wollte einfach nur in die Pension und eine Weile ihre Ruhe haben. Nein, korrigierte sie sich in Gedanken. Sie wollte nicht ihre Ruhe haben - am liebsten wäre es ihr gewesen, wenn sie die Zeit hätte vordrehen können und direkt zu Sams Party fahren könnte.

Um kurz nach halb vier hielt das Taxi schließlich vor der kleinen Pension an, die in einem alten viktorianischen Haus untergebracht war. Reich blühende Rosensträucher zierten den Vorgarten und hießen jeden Besucher mit ihrem wunderbaren Duft willkommen.
Sarah bezahlte das Taxi, ließ sich ihre Reisetasche geben und drückte den kleinen goldenen Klingelknopf, der seitlich an der Türzarge befestigt war.
Nur Sekunden später öffnete Mrs Hallow ihr die Tür und sah sie fragend an.
»Sie wünschen bitte?«
»Guten Tag, Misses Hallow. Mein Name ist Sarah Westhoff, ich komme aus Deutschland. Wir haben vor zwei Wochen telefoniert, ich habe für dieses Wochenende ein Zimmer reserviert.«
Sie setzte ein gewinnendes Lächeln auf und wartete darauf, dass die freundliche Hausdame sie hineinbat.

»Ach ... ja ... kommen Sie bitte herein.«
Wow. Eine überschwängliche Begrüßung ist etwas Anderes. Hoffentlich ist wenigstens das Bett bequem.
Sarah folgte ihr durch den schmalen Flur in den Wohnraum, der mit alten englischen Sofas bestückt war. Ein grüner Ohrensessel mit Spitzendeckchen am Kopfteil stand neben dem Kamin und lud zum Ausruhen ein. Es gab sicher schlechtere Orte auf der Welt, um sich wohlzufühlen.
»Lassen Sie mich einen Moment nachsehen ...«
Jetzt endlich regte sich Skepsis in Sarah, und sie sah Mrs Hallow prüfend an.
»Ist alles in Ordnung?«
Die Hauswirtin ging zu einem antik aussehenden Sekretär, auf dem sich Zeitungen, ungeöffnete Post und allerlei Krimskrams türmten, und blätterte wild in einem großen Kalender, der offenbar ihre Zimmerbuchungen enthielt. Sie zögerte einen Augenblick, runzelte die Stirn und drehte sich dann mit einem entschuldigenden Lächeln zu Sarah um.
»Miss Westhoff ... es ist mir so peinlich!«
Sie legte die Hand beschämt über die Lippen und sah die junge Frau entschuldigend an. Sarah spürte, wie sich Hilflosigkeit in ihr breitmachte. *Bitte nicht ...*
»Sie *haben* meine Reservierung doch vermerkt, oder nicht?«
Mrs Hallow zuckte mit den Schultern. »Es tut mir furchtbar leid. Ich weiß nicht, wie das passieren konnte. Ich erinnere mich genau daran, dass wir telefoniert haben.

Ich habe mir das auch aufgeschrieben, aber ... möglicherweise habe ich es auf einen Zettel geschrieben und nicht sofort in den Kalender, und habe später vergessen, es nachzutragen ...«

Sarah stellte ihre Reisetasche auf den Boden und sah die Dame nun offen verärgert an.

»Haben Sie nun ein Zimmer für mich, oder nicht?«

Mrs Hallow rang die Hände. »Ich habe Ihr Zimmer bereits an jemand anderen vermietet, es tut mir schrecklich leid! Leider sind auch alle anderen Zimmer belegt, denn dieses Wochenende ...«

»Jetzt sagen Sie mir bitte nicht, dass hier eine Party stattfindet, auf der bin ich nämlich auch eingeladen!«

Sarah fuhr sich wütend mit der Hand durch die Haare und versuchte, die Beherrschung nicht zu verlieren. Dieser Tag war definitiv nicht ihr Glückstag!

»Können Sie mir wenigstens eine andere Pension nennen, zu der ich gehen könnte? Oder könnten *Sie* vielleicht vorher dort anrufen und nachfragen, ob noch ein Zimmer frei ist? Ich habe einen ziemlich nervenaufreibenden Flug hinter mir. Ich habe kein Auto, mit dem ich mal eben irgendwo anders hinfahren könnte, und ich werde auch nicht mein ganzes Geld fürs Taxifahren ausgeben! Und unter freiem Himmel auf irgendeiner Bank zu schlafen, habe ich erst recht nicht vor. Da Sie meine Reservierung offenbar verbummelt haben, wäre ich Ihnen wirklich *sehr* dankbar, wenn Sie sich jetzt um Ersatz bemühen würden!«

Sarah wusste, dass sie zu heftig reagierte und sehr unhöflich war. Ein bisschen tat ihr die ältere Dame sogar leid. Aber sie war müde, verschwitzt und hatte sich ihre Ankunft in England deutlich anders vorgestellt.

Endlich ergriff Mrs Hallow die Initiative. »Eine andere Pension mit freien Zimmern werden Sie dieses Wochenende nicht finden, da im Nachbarort die jährliche Traktorausstellung stattfindet. Aber eine Möglichkeit gibt es noch: Ein Bekannter von mir hat ein Gästezimmer, das er gelegentlich vermietet. Wenn Sie mögen, rufe ich ihn eben an und frage, ob es zu haben ist.«

Sarah nickte ergeben und übte sich in Geduld, während Mrs Hallow in einem Hinterzimmer verschwand. Kurz darauf hörte sie ihre leise Stimme. Es folgte ein helles Auflachen, dann wurde das Gespräch beendet.

»Mein Bekannter kann Sie gerne aufnehmen. Selbstverständlich müssen Sie keinen Aufpreis oder Ähnliches bezahlen. Bitte ... setzen Sie sich doch. Er wird in einigen Minuten hier sein. Möchten Sie so lange vielleicht eine Tasse Tee trinken?«

Sarah stimmte zu, da Mrs Hallow auf diese Weise gezwungen war, ihren Gast einige Minuten allein zu lassen, um den Tee zuzubereiten. Und einen Moment Ruhe konnte sie gut gebrauchen, um sich auf die geänderte Situation einzustellen. Ein Bekannter mit einem Gästezimmer? Würde sie allein bei einem Fremden unterkommen? Der Gedanke behagte ihr nicht. Aus Mangel an Alternativen behielt sie ihre Sorge für sich, aber wohl fühlte sie sich mit dieser Aussicht keineswegs.

Noch bevor Mrs Hallow den Tee fertig hatte, klingelte es an der Tür. Mit eiligen Schritten öffnete die Land Lady und hastete dann zurück in die Küche. Sarah erhob sich erstaunt, wusste plötzlich nicht mehr, wohin mit ihren Händen, oder ob sie dem Neuankömmling sogar entgegen gehen sollte? War es nicht eigentlich üblich, dass sie ihn hineinbat und sie einander vorstellte?

Ihren Grübeleien wurde abrupt ein Ende gesetzt, als der Fremde den Flur von allein durchquerte und plötzlich den Salon betrat.

Die Fassungslosigkeit stand Sarah ins Gesicht geschrieben, ihr Unterkiefer fiel nach unten. Für Sekunden versagten Hirn und Herz ihr gleichermaßen den Dienst, bevor ihr Mund beschloss, dass es Zeit für eine Reaktion war.

»Sam! Was machst *du* denn hier?«

Aus dem Hintergrund hörte sie Mrs Hallow rufen: »Er war wirklich schnell, nicht wahr? Jetzt brauchen Sie sich keine Sorgen mehr zu machen!«

Sarah brauchte einen Moment, um die Tatsachen zu begreifen. *Er* war der Bekannte? Sie würde das Wochenende komplett bei Sam verbringen?

»Ich ... ich verstehe nicht ...«

Sam lächelte, wie nur er zu lächeln imstande war, kam auf sie zu und schloss sie in eine kurze, freundschaftliche Umarmung. Sarah ließ es wie paralysiert geschehen, unfähig, die Begrüßung angemessen zu erwidern. Zu groß war die Überraschung, zu unerwartet seine Nähe. Dann

zeigte er auf die Tasche, die noch immer auf dem Boden mitten im Raum stand.
»Deine?«
Sie nickte überfordert, ohne ein Wort zu sagen. Mrs Hallow kam aus der Küche zurück, die Tasse Tee in der Hand, die sie sogleich auf dem niedrigen Couchtisch abstellte.
»Ach, schauen Sie. Den Tee brauchen Sie jetzt gar nicht mehr. Na, dann hat sich ja alles geklärt. Bitte entschuldigen Sie noch einmal das Missverständnis. Bei Mister Winslow sind Sie gewiss gut aufgehoben! Lassen Sie es sich gutgehen, Miss!«
Noch einmal nickte Sarah mechanisch, sah zu, wie Sam ihre Tasche nahm, Mrs Hallow mit einem Lächeln verabschiedete und zur Tür hinausging.
Plötzlich kam Leben in die junge Frau und sie folgte ihm wie hypnotisiert zu seinem Wagen. Sam deponierte die Tasche im Kofferraum, dann bedeutete er Sarah, es sich auf der Beifahrerseite bequem zu machen. Sie hatte noch nie auf der linken Seite eines Rechtslenkers gesessen und schnallte sich entsprechend verunsichert an.
Sam musterte sie mit ruhigem Blick und lachte schließlich entwaffnend. »Du siehst aus, als hättest du einen Geist gesehen! Ich bin's tatsächlich, Büchermaus! Heute ist dein Glückstag!«
Sie versuchte bemüht, ihre Sprache wiederzufinden. »Ja, schon. Nur ... es ist ein seltsamer Zufall, findest du nicht? Ich freue mich natürlich sehr, dich heute schon zu sehen. Aber ... ich habe nicht damit gerechnet, das ist alles.«

Er lächelte, legte für einen kurzen Moment seine Hand auf ihren Schenkel, bevor er wieder das Steuer ergriff. Die Berührung versetzte ihr einen unerwarteten Stromstoß, der zu ihrem größten Unbehagen auch ihren Schoß erreichte. Trotzdem musste sie dem Drang widerstehen, seine Hand auf ihrem Bein festzuhalten.
»Natürlich, das verstehe ich. Alles ist gut. Entspann dich einfach. In ein paar Minuten sind wir bei mir.«
Unvermittelt kam sie zurück – diese Ruhe, die sie in Sams Gegenwart stets verspürte. Er sprach wenig, hielt den Blick ruhig auf die Straße gerichtet. Seine Hände umschlossen sicher das Lenkrad. Sie würde in seinem Haus schlafen. Plötzlich breitete sich ein aufgeregtes Kribbeln in ihrer Magengrube aus. Mit ihm in einem Haus schlafen ... Aber was war schon dabei. Schließlich waren sie Freunde!

Sam bewohnte ein wunderschön restauriertes Fachwerkhaus im viktorianischen Stil, dem man auf den ersten Blick ansah, mit wie viel Liebe zum Detail es wieder hergerichtet worden war. Der Vorgarten sah noch ein wenig wild aus, aber was wollte man nach drei Monaten erwarten. Hier und da wucherte Unkraut zwischen großen Steinen, die zu einem kleinen Gartentor neben dem Haus führten, und ein gewaltiger Rosenbusch wuchs offenbar ungehindert seit einigen Jahren vor sich hin. Sarah gefiel diese Willkür der Natur. Sie bildete einen beeindruckenden Kontrast zu all den bis ins kleinste Detail zurechtgestutzten Hecken der Nachbargrundstücke.

Sam fing ihren staunenden Blick auf.

»Der Garten sieht besser aus, du wirst sehen. Ich wollte ihn zuerst herrichten, damit man ihn bei der Party genießen kann. ... So! Komm herein und fühl dich wie zu Hause!«

Galant hielt er ihr die Haustür auf und ließ sie in den Flur eintreten, der mehr einer kleinen Halle glich. Direkt links neben der Tür führte eine ausgetretene Holztreppe mit schwarzem Geländer auf eine Galerie hinauf, hinter der sich die Schlafzimmer anzuschließen schienen. Geradeaus durch ging es ohne Tür in ein offenes Wohnzimmer, von wo aus man direkt in eine kleine Küche sehen konnte. Langsam machte Sarah ein paar Schritte in die Halle hinein. Ein merkwürdiges, ungewohntes Gefühl beschlich sie.

»Sam ...« Nein, sie konnte es ihm nicht sagen. Er würde es als falsches Signal verstehen. Als einen Wink mit dem Zaunpfahl, der nicht beabsichtigt war.

Aber dieses Haus zu betreten, fühlte sich wie ›nach Hause kommen‹ an. Es schien, als gehörte sie hierher. Oder lag das nur an seiner Gegenwart? Er war überall. In dem neuen, stilvollen Läufer, mit dem die Treppe bedeckt war. In dem kleinen Kronleuchter, der die Halle mit Licht versorgte. In der überdimensionalen Zimmerpalme, die diesem Bereich den nötigen Klecks Farbe verlieh.

»Gefällt es dir?«

Sarah entschied sich dafür, ihr Gefühl in ein Kompliment zu verwandeln: »Dies ist ein Zuhause, Sam. Es ist wunderbar.«

Zufrieden mit ihrer Reaktion nahm er ihren Arm und zog sie zielstrebig die Treppe hinauf. Sein Griff war warm und fest und fühlte sich gut an.

»Komm, ich zeige dir das Gästezimmer. Ich habe erst vorgestern die letzte Kommode dafür gekauft. Es ist gerade fertig geworden.«

Sarah lächelte und bemerkte zu ihrer Freude, wie nahe sie sich waren, während sie nebeneinander die Treppe hinaufgingen. Die Wärme seines Körpers beruhigte sie.

»Ich hätte auch in einer Scheune geschlafen, so müde, wie ich bin.« Tatsächlich spürte sie erst in diesem Moment eine absolut bleierne, lähmende Müdigkeit in sich aufsteigen, die jeden Winkel ihres Körpers ausfüllte und ihre Gliedmaßen schwer werden ließ. Als hätte ihr Körper nach langer Suche endlich einen Platz zum Ausruhen gefunden.

Nachdem sie ihre Tasche abgestellt und testweise auf dem Bett platzgenommen hatte, ließ der Hausherr sie schon wieder allein.

»Fühl dich einfach wie zu Hause. Keine Tür ist verschlossen. Wenn du mich für eine Weile entschuldigst – ich muss noch ein bisschen arbeiten, bin aber in höchstens einer Stunde fertig. Dann habe ich alle Zeit der Welt für dich.«

Sarah bedankte sich und sah Sam hinterher, als er das Zimmer verließ. Seine Schritte waren unbekümmert und leicht, die Hände ruhten entspannt in seinen Hosentaschen, während er leise summend die Treppe hinunter ging. Kurz darauf verhallten seine Schritte auf der knarrenden Treppe.

Sarah blieb sitzen, wo sie war, und ließ die Tatsache sacken, dass sich dieses Wochenende schon jetzt viel besser anfühlte, als sie zu hoffen gewagt hatte. Sie war hier. Bei ihm. Allein. Ihr Herz hüpfte vor Freude in ihrer Brust auf und ab.
Still vor sich hin lächelnd griff sie in ihre Handtasche, zog das Buch heraus, das sie gerade las, streifte die Schuhe ab und schlich auf Socken die Treppe hinunter ins Wohnzimmer. Sie hoffte, die Müdigkeit abschütteln zu können, wenn sie ein wenig las.
Die breite Veloursledercouch sah einladend aus, und so kuschelte sie sich in eine Ecke, streckte die Beine aus und schlug das Buch an der Stelle auf, die das Lesezeichen, eine alte Postkarte, die sie vor Jahren aus Florenz geschickt bekommen hatte, markierte.
Den ersten Absatz erfasste sie noch gerade vom Inhalt her, danach begannen die Buchstaben, vor ihren Augen zu tanzen.
Schon nach wenigen Minuten rutschten ihr das Buch und die Postkarte aus der Hand, ohne dass sie es bemerkte, und sie fiel in einen tiefen, seligen Schlummer.

Als Sam eine halbe Stunde später ins Wohnzimmer kam, lächelte er überrascht, als er Sarah schlafend auf der Couch vorfand. Behutsam nahm er das Buch, steckte die Postkarte wieder hinein und legte es auf dem hölzernen

Couchtisch ab. Dann nahm er die blauweiß gestreifte Wolldecke, die über der Lehne eines Sessels lag, und deckte seinen Gast damit zu.

Im Schlaf seufzte Sarah wohlig auf und kuschelte sich noch etwas tiefer in die Couch, zog sich die Decke bis zum Kinn hoch und lächelte, friedlich träumend.

Sam beugte sich über sie, strich sanft über ihr Haar, nahm ihren Duft in sich auf. Überrascht stellte er fest, wie glücklich es ihn machte, sie bei sich zu haben. Für Sekunden gestattete er sich, ihre entspannten Züge zu mustern, streichelte ihre geschlossenen Lider mit seinen Augen, widerstand dem Drang, ihre dichten Wimpern zu berühren. Dann drückte er seine Lippen federleicht auf ihre Wange, gerade so, dass er spüren konnte, wie warm und weich ihre Haut dort war, bevor er in die Küche ging, um das Abendessen vorzubereiten.

Es war bereits kurz nach halb sieben, als Sarah die Augen aufschlug, herzhaft gähnte und sich verwirrt umsah.

Wo bin ... Dann fiel es ihr wieder ein. Sie bemerkte die Decke, die um ihren Körper geschlungen war und lächelte zufrieden in sich hinein. Bis der köstliche Essensduft sie endgültig wieder munter werden ließ. Als würde er auf den Geruch reagieren, begann ihr Magen plötzlich laut zu knurren.

Sarah stand auf, faltete die Decke ordentlich zusammen, überlegte es sich dann aber plötzlich anders und schlug sie wieder auseinander. Sie legte sie sich um die Schultern, hielt sie vorn zusammen und schlenderte ohne Eile auf

Socken in die Küche. Ihre Haare fielen wild und ungekämmt auf ihren Rücken hinunter, und auf ihrer rechten Wange verebbte nur langsam der Abdruck, den das Sofakissen dort hinterlassen hatte. Sarah bemerkte es nicht einmal. Ihr Blick wurde von Sam gefesselt, der am Herd stand und konzentriert in einem Topf rührte, als sie sich an den Türrahmen lehnte und wohlig seufzte.

Er hob den Blick, betrachtete ihr bezaubernd verstrubbeltes Haar, die Decke, die sie wärmend um sich gelegt hatte. Die überraschend kleinen Füße in bunten Ringelsocken. Ihr sanftes Lächeln, die weich strahlenden Augen.

»Na, ausgeschlafen?«

Sarah nickte und kam ein Stück näher, versuchte in die Töpfe zu schielen. Sam deutete auf einen der beiden Stühle an dem kleinen Küchentisch.

»Mach's dir gemütlich. Das Essen ist auch gleich fertig. Magst du Wein?«

»Mhm.« Sie nippte an dem Burgunder, den er ihr in einem wundervoll geschwungenen, bauchigen Glas reichte. Eine Weile folgte sie Sams Bewegungen mit den Augen - wie er mit routiniertem Schwung Kräuter hackte, sie mit der Schneide des Messers aufnahm und in den Topf abstreifte, aus dem es verführerisch nach Fleischsoße duftete, wie er den Löffel mit einer eleganten Bewegung durch die Soße gleiten ließ, um die Gewürze darin zu verteilen und schließlich den kleinen Finger hineintunkte, um zu kosten. Seine Körperhaltung verriet Entspannung, innere Ruhe.

»Probier mal. Muss da noch Salz rein?«

Sarah erhob sich, ließ die Decke über der Stuhllehne hängen und trat direkt neben Sam an den Herd. Auf dem langen Holzlöffel balancierte er Tomatensoße mit Hackfleisch und kleinen Gemüsestückchen auf ihren Mund zu, bis sie vorsichtig ihre Lippen darum schloss.
»Hm. Köstlich. Ist da Zucchini drin?« Sam nickte. »Und etwas Aubergine.«
Sie drehte sich zu ihm, realisierte, wie nahe sie sich plötzlich waren. Betrachtete die feinen Linien auf seiner Haut, die Wölbung der Nasenflügel, den Schwung seiner Lippen.
Sam erwiderte ihren Blick, hielt ihrer Musterung amüsiert stand. Betrachtete ihre Gesichtszüge. Ein Lächeln umspielte kaum merklich seinen Mund, als seine Augen zu ihren halb geöffneten Lippen wanderten, auf denen ein Tropfen Soße unbemerkt hängen geblieben war.
Bevor einer von ihnen darüber nachdenken konnte, fanden sich ihre Lippen zu einem sanften Kuss. Der Tropfen Soße verschmolz in der Berührung, löste sich auf und wurde heimlicher Teil eines intimen Moments, der die Zeit anzuhalten schien.
Dann lösten sie sich wieder voneinander, sahen sich an. Ohne Scheu, in vollkommenem Selbstverständnis.
Sam lächelte und ging zum Alltäglichen über, als wäre dieser Kuss Teil eines allabendlichen Rituals, das bereits über Jahre Bestand hatte und zu ihnen gehörte wie der Atemreflex und das Schlagen ihrer Herzen.
»Holst du bitte Teller da aus dem Schrank? Oben links.«

Sie öffnete eine Tür des Hochschranks und angelte zwei große Pasta - Teller heraus, die sie auf den Tisch stellte. Anschließend probierte sie alle vier Schubladen der Küchenanrichte aus, bis sie, natürlich in der letzten, Löffel und Gabeln fand. Sam grinste und schüttete die Nudeln in ein Sieb ab.
»Du hättest mich auch einfach fragen können, in welcher Schublade das Besteck liegt.«
»Sicher. Aber dann wüsste ich jetzt nicht, was in den anderen ist.«
Er lachte laut auf und küsste sie flüchtig auf die Wange, bevor er ihren Teller mit Tagliatelle füllte und die Soße appetitanregend darüber verteilte.

Sie aßen in entspanntem Schweigen und genossen dazu den Wein, bis Sam gegen Ende der Mahlzeit die Initiative ergriff und zu erzählen begann, durch welchen Zufall er auf das Haus aufmerksam geworden war. Er erzählte lebhaft, brachte Sarah zwischendurch mit seinem englischen Humor zum Lachen.
Irgendwann bemerkte sie, dass sie die Hand nach seiner ausgestreckt hatte und gedankenverloren mit seinen Fingern spielte. Er ließ sie gewähren, beinahe als bemerke er es nicht. Als ihr die Intimität der Berührung bewusst wurde, kam Sarah sich plötzlich albern vor. So unauffällig wie möglich zog sie ihre Hand zurück und strich sich die Haare hinter das Ohr, um der Bewegung einen Sinn zu geben. Am liebsten hätte sie seine Hand noch stundenlang berührt.

»Und wie viele Gäste kommen morgen Abend?«
Sam zählte die Personenzahl in Gedanken durch. »Fünfunddreißig. Mehr oder weniger. Mein Bruder kommt vielleicht etwas später, und ob mein alter Studienfreund Michael kommt, hängt davon ab, ob sein viertes Kind noch ein bisschen in Mamas Bauch bleibt oder es morgen plötzlich eilig hat.«
Sarah lächelte und begann, das Geschirr abzuräumen.
»Was wird es denn?«
»Ehrlich gesagt weiß ich das gar nicht. Mike wollte es nicht verraten. Aber da er bereits drei Mädchen hat, ist meine Prognose klar.«
Jetzt lachte sie, und er sah ihr dabei zu. Ließ sich Zeit, sie zu betrachten, ihr lachendes Gesicht zu studieren.
»Sarah, hast du für heute Abend schon irgendwelche Pläne?«
»Nein, warum? Wäre ich in der Pension geblieben, hätte ich den Abend lesend im Bett verbracht. Sag mal ... was war das eigentlich für eine seltsame Geschichte mit der Pension? Schon ein ziemlich komischer Zufall, das mit dem Zimmer, meinst du nicht?«
Sam zwinkerte ihr schelmisch zu. »Ja, es gibt schon eigenartige Zufälle im Leben ...«
Er legte eine Kunstpause ein, bevor er fortfuhr: »Wenn du nichts Besseres vorhast: Was hältst du von einem völlig entspannten Fernseh-Abend? Ich habe alte Schwarzweißfilme hier. Wir könnten Wein trinken, zwanglos rumhängen und es uns gutgehen lassen. Na?«

Der Hundeblick aus seinen strahlenden Augen war einfach zu viel für Sarah. Ein Schwarm Schmetterlinge stob überrascht in ihrem Bauch auf und begann, einen munteren Reigen zu tanzen, während sie versuchte, das Zittern zu unterdrücken, das ihre Hände plötzlich in Besitz nahm.

Sie konnte sich nicht erinnern, wann sie das letzte Mal einen so schönen, entspannten Abend verbracht hatte. Nachdem Sam und sie gemeinsam die Küche aufgeräumt und sich dabei so oft wie möglich scheinbar zufällig berührt hatten, setzten sie sich zusammen auf die Couch und sahen alte Hitchcock-Filme.
Während Rebecca von Unsicherheit, Neugier und Angst getrieben in dem Herrenhaus ihres frisch angetrauten Ehemanns herumirrte und verzweifelt versuchte, ihrer Rolle als Hausherrin gerecht zu werden, begann Sarah auf der sicheren Couch, ein wenig zu frösteln.
Als Sam es bemerkte, gab er ihr die Decke, unter der sie schon früher am Abend eingekuschelt gewesen war, half ihr, sie über sich auszubreiten und lud sie ein, sich an ihn zu lehnen.
Sie freute sich über die vertraute Geste, kuschelte sich fest in Sams Arm und genoss den weiteren Verlauf des beklemmenden Films, während Sams Herz ruhig und fest unter ihrem rechten Ohr vor sich hin schlug.
Als ihre Lider schwer wurden und ihr Kopf langsam in Richtung von Sams Schoß rutschte, weckte er sie behutsam durch einen sanften Kuss auf die Stirn. Sie

stemmte sich verschlafen hoch und blickte in seine freundlichen, ruhigen Augen.
»Na komm ... Zeit, schlafen zu gehen.«
Er legte den Arm um ihre Schultern, sodass sie sich an ihn anlehnen konnte, und führte das müde Bündel hinauf ins Gästezimmer. Sarah schaffte es gerade noch, sich den Pyjama anzuziehen, bevor sie tief in das nach Waschpulver duftende Kissen sank und sofort einschlief.

3

Als die ersten Gäste am folgenden Abend zur Party eintrafen, saß Sarah in ihrem kleinen Schwarzen auf der Couch, wo Sam sie hin befohlen hatte, und nippte an dem Glas Wein, das er ihr in die Hand gedrückt hatte. Er hatte ausdrücklich darauf bestanden, dass sie, nachdem sie ihm mit Feuereifer bei den Partyvorbereitungen geholfen hatte, ganz normaler Gast war.
»Deine einzige Aufgabe an diesem Abend besteht darin, dich gut zu amüsieren und atemberaubend auszusehen«, hatte er erklärt und ihr dabei verschmitzt zugezwinkert.
Offenbar hatte sie den zweiten Teil der Aufgabe bereits recht gut im Griff, denn Sam waren bei ihrem Anblick vorübergehend die Gesichtszüge entglitten und sein Sprachvermögen abhanden gekommen.
Die nach und nach eintreffenden Gäste, die sich ihr vorstellten, begrüßte sie daher ganz entspannt und mit

festem Händedruck und fühlte sich zunehmend wohl in Gesellschaft all dieser Fremden.

Als der Abend ein wenig fortgeschritten, die Mägen gefüllt und die ersten Weinflaschen geleert waren, war es Sams Mutter, die sich nach einer Weile zu Sarah setzte und sie darüber ausfragte, woher sie sich kannten und in welcher Beziehung sie zueinander standen. Mrs Winslow hatte eine angenehme Art, Fragen zu stellen. Sie war nie aufdringlich, nur neugierig, akzeptierte aber, wenn man auf eine Frage nicht einging und das Thema wechselte. Als die beiden Frauen sich auf eine Unterhaltung über Filme eingeschossen hatten, kam ein Mann dazu, der etwas älter zu sein schien als Sam, ihm aber ziemlich ähnlich sah.
»Mom, wo ist Sam geblieben?«
Mrs Winslow deutete auf die Terrasse, wo er gerade einer Gruppe von alten Freunden erklärte, wie er den Garten umgestaltet hatte.
»Aber darf ich dir, bevor du deinen Bruder begrüßt, erst einmal diese nette junge Frau hier vorstellen? Das ist Sarah ... wie ist Ihr Familienname noch gleich, Miss?«
Sie reichte dem Fremden freundlich die Hand. Sein Händedruck war nicht sehr fest, aber angenehm.
»Westhoff. Sarah Westhoff. Ich komme aus Deutschland und bin flüchtig mit Ihrem Bruder befreundet. Und Sie sind sein *großer* Bruder?«
»Harold Winslow. Sehr angenehm. Ja, Sie haben recht. Ist es so offensichtlich, dass ich der *ältere* Bruder bin?«

Er lachte charmant und zwinkerte Sarah frech zu. Sie mochte ihn auf Anhieb.

»Er hat einmal von Ihnen erzählt. Ansonsten hätte ich Sie wohl für gleich alt gehalten.«

Mrs Winslow stimmte in das Lachen ihres Sohnes ein.

»Miss, da haben Sie sich aber geschickt aus der Affäre gezogen! Bravo. Bitte entschuldigt mich, Kinder. Ich muss mich mal frisch machen.«

Harold half seiner Mutter von der Couch auf, bevor sie sich Richtung Gästetoilette davonmachte. Dann setzte er sich auf ihren Platz und betrachtete die deutsche Frau neugierig.

»Und Sie sind also eine ›flüchtige Freundin‹, ja? Was genau darf ich mir denn darunter vorstellen?«

Sarah strich sich verlegen eine Haarsträhne aus dem Gesicht. Ein kurzes Lächeln huschte über ihre Züge.

»Nun ja. Ihr Bruder und ich haben früher einmal zusammen gearbeitet. Danach sind wir in Kontakt geblieben, und mit der Zeit ist daraus eine Art Freundschaft entstanden. Die zu meinem Bedauern nie sehr intensiv war. Aber was nicht ist, kann ja noch werden.«

»Was genau meinen Sie mit ›intensivieren‹?«

Harold lächelte ungezwungen, aber Sarah verstand, worauf die Frage abzielte. Ihre Sympathie für den Mann schwand plötzlich ein gutes Stück. Er war zu persönlich geworden.

»Ich habe keinerlei bestimmte Absichten, was Sam angeht, wenn Sie das meinen. Unser Kontakt beschränkte sich in den letzten Jahren auf ein bis zwei WhatsApp pro Jahr, eine gelegentliche E-Mail. Dass ich heute hier bin, ist also schon als Intensivierung der Freundschaft zu bezeichnen. Und ich genieße es. Ihr Bruder ist ein ausgesprochen netter Kerl.«

Harold nickte nachdenklich. »Ja, das ist er.«

Zu gerne hätte Sarah gewusst, was in diesem Augenblick in seinem Kopf vorging. Aber vielleicht wollte sie es lieber nicht wissen.

»Entschuldigen Sie mich, ich werde mir noch etwas zu essen holen.« Harold erhob sich höflich, als sie aufstand, setzte sich dann wieder, als sie in die Küche entschwand, und sah ihr aufmerksam nach.

Es war bereits nach ein Uhr in der Nacht, als sich Sarah aus der letzten Unterhaltung ausklinken und sich eine ruhigere Ecke suchen konnte. Sie schien auf der Party die Attraktion schlechthin zu sein. Die Deutsche, über die man nichts wusste. Die Frau aus Sams Wahlheimat.

Ihr war das eher unangenehm, zumal sie nicht gerne im Mittelpunkt stand. Doch eine perfekte Rückzugsmöglichkeit hatte sich fast von allein ergeben: Für beinahe zwei Stunden hatte sie sich mit einem Professor für Geschichte, der offenbar ein Jugendfreund von Sam war, in eine Unterhaltung über Bücher vertieft und dabei viel gelacht. Der Mann war charmant und versprühte englischen Humor, sowie er den Mund aufmachte.

Zwischendurch hatte sich Sam zwar auch kurz um Sarah bemüht, doch er musste sich natürlich um alle Gäste kümmern und hatte daher nur wenig Zeit für sie. Aber sie hatte den ganzen Tag mit ihm allein verbracht, was sie mehr als entschädigte.

Etwas müde geworden goss sich Sarah noch Rotwein nach und ging mit dem Glas hinaus auf die Terrasse. Sie schloss die Tür von außen und war plötzlich von angenehmer Stille umgeben. Das Stimmengemurmel aus dem Haus kam nur leise bei ihr an.
Die Terrasse war mit Holzplanken ausgelegt, die sich über eine kleine Treppe bis zur Rasenfläche hin fortsetzten. Sarah schlang ihr Schultertuch fest um sich und setzte sich auf die oberste Stufe, ließ den Blick durch den von Fackeln beleuchteten Garten wandern. Sam hatte wahre Wunder vollbracht. Es gab bereits einen kleinen Teich, über den eine Brücke führte, die von Laternen im Miniaturformat gesäumt war. Ein kleiner Springbrunnen am Ende des Teiches plätscherte friedlich vor sich hin und beruhigte jede aufgescheuchte Seele. Es duftete nach frisch gemähtem Rasen und Rosenblüten. Sarah ließ ihre Gedanken ziellos schweifen und träumte sich in die Nacht hinein, während eine sanfte Brise sich eine ihrer Haarsträhnen griff und damit spielte.
»Gefällt es dir?«
Unbemerkt war Sam hinter sie getreten. Sie drehte sich abrupt um und wollte zu ihm hochblicken, aber er kam

bereits zu ihr und setzte sich neben sie, sodass sie den Kopf nicht zu recken brauchte. Stille umfing sie.

Für Sekunden hörten sie gemeinsam dem Gesang einer einsamen Grille zu, bis sie ihr Abendgebet beendet hatte und verstummte.

»Die letzten Gäste sind gegangen.«

Sarah sah ihn scheu an. »Oh, dann sollte ich wohl auch ... du bist sicher müde.«

Sam erstickte ihren Reflex, aufzustehen, im Keim und hielt sie an der Schulter zurück. »Nein, alles gut. Bleib bitte sitzen. Lass uns gemeinsam ein bisschen die Ruhe hier draußen genießen.«

Sarah tat ihm den Gefallen gerne. Sein Körper strahlte Wärme aus. Nie zuvor hatte sie erlebt, dass es so angenehm sein konnte, gemeinsam zu schweigen. Und wieder einmal, wie damals im Park, hatte sie das Gefühl, ihre Körper würden eine für andere unhörbare Unterhaltung führen, sich gegenseitig versichern, wie nahe man sich war.

Unvermittelt stellte Sam sein Glas auf dem kleinen Mäuerchen neben sich ab. Sarah lächelte ihn an, aber dann entglitt ihr das Lächeln, als er auch ihr Glas nahm und zur Seite stellte.

Der Blick aus seinen Augen war fest, als er seine Hand sanft um ihre Wange legte. Plötzlich fiel ihr Herz in einen wilden Galopp, als wollte es davonrennen. Doch es blieb, wo es war, und brachte ihre Brust fast schmerzhaft zum Beben.

Sam musterte ihr Gesicht, ließ sich Zeit beim Betrachten ihrer feinen Züge, während sich in ihren dunkelblau leuchtenden Augen der weiche Schein der Laternen widerspiegelte. Dann blieb sein Blick auf ihren Lippen hängen, die unter dem Hämmern ihres Herzschlags leicht zu zittern begonnen hatten. Behutsam, ganz langsam, legte er seine Lippen auf ihre, um das Zittern zu stoppen, es auszukosten. Der Druck verstärkte sich, seine Hand wanderte in ihren Nacken und grub sich in ihren Haaren fest, bis Sarah wohlig seufzte.

Und dann küsste Sam sie, öffnete ihren Mund und verschmolz mit ihr, intensiv und lange. Sarah glaubte, zu träumen. Erst jetzt, als es wirklich passierte, gestand sie sich ein, wie sehr sie sich all die Jahre gewünscht hatte, er möge sie genau so küssen. Es gab keine Freundin. Keine andere Frau hatte sein Herz erobert. Sie selbst war es, die hier draußen in der Dunkelheit bei dem warmen Schein von Laternen saß und von Sam und seinem weichen Mund zärtlich in den Himmel geküsst wurde. Sie atmete seinen herben Duft tief ein, um ihn für immer in ihrer Erinnerung zu bewahren. Ihre Finger fuhren durch sein Haar, das überraschend weich war.

Nach Stunden, wie es schien, lösten sie sich voneinander, sahen sich tief in die Augen. In Sarahs Augen schimmerten leise Tränen des Glücks. Doch sie besaßen den Anstand, dort zu bleiben, um den magischen Moment nicht zu zerstören.

Sam nahm ihre Hand und stand auf. »Komm.«

Es war kaum mehr als ein heiseres Flüstern.

Er schloss die Terrassentür sorgfältig hinter ihnen ab, zog Sarah die Treppe hinauf, in sein Schlafzimmer.

Anstatt das Liebesspiel fortzusetzen, zog er sie angezogen auf sein Bett und schmiegte sich eng an ihren Rücken.

Sarah war selbst überrascht, dass es sie nicht enttäuschte, dass er offenbar nicht vorhatte, mit ihr zu schlafen. Das Gegenteil war der Fall. Dort zu liegen, seine Wärme in ihrem Rücken zu spüren, seine Nase in ihrem Haar und den starken Arm schützend um ihre Taille geschwungen - all das ließ sie sich so sicher fühlen wie nie zuvor in ihrem Leben. Sie spürte, wie Sam ihren Duft einsog und sich noch fester an sie schmiegte. Irgendwann, während sie so dalagen und langsam einschliefen, dachte Sarah, wie glücklich sie war.

4

Aus den meisten Träumen erwacht man irgendwann, ob man es will oder nicht. Manchmal abrupt, wie von einem Wecker eindringlich gestört, ein anderes Mal ganz behutsam, wie wachgeküsst. Sarah konnte im Nachhinein kaum sagen, welche Art es bei ihr gewesen war. Oder war sie noch gar nicht geweckt worden? War dies ein einziger langer, sehnsuchtsvoller Traum, aus dem es kein Erwachen gab?

Als sie am Morgen nach der Party die Augen aufgeschlagen hatten, waren sie sich näher als je zuvor gewesen. Verschlafen hatten sie einander betrachtet, die

Gesichtszüge des anderen mit den Fingern nachgezogen. Sarah hatte im Stillen gehofft, dass bei so viel Nähe nun doch Intimeres folgen würde. Bis Sam aufgestanden war, um zu duschen. Ohne sie auch nur zu küssen.
Etwas später hatten sie gemeinsam gefrühstückt, die Partyreste aufgeräumt. Dann hatte Sam sie zum Flughafen gefahren. Er hatte ihr Gesicht mit seinen Händen umrahmt, sie lange angesehen. Mit diesem Blick, den sie nie deuten konnte, der nie verriet, was in seinem Inneren vorging. Auch wenn ihre Körper einander zuschrien, dass sie zusammengehörten – die Menschen, die in ihnen wohnten, schienen es noch nicht begriffen zu haben.
Sam küsste Sarah zum Abschied behutsam auf die Stirn. Dann ging er, ohne sich noch einmal umzudrehen.
Noch während sie in der Schlange am Check In – Schalter stand, begann es wehzutun - ihr Herz, das ihm hinterherschrie, zu bleiben. Ihre Beine, die ihm nachlaufen wollten. Ihre Hände, die die Wärme seiner Haut noch einmal spüren wollten. Sarah hatte sich nicht getraut, ihn zu fragen, wann sie einander wiedersehen würden. Und er hatte es von sich aus nicht angesprochen. Sie wusste nicht, was er fühlte. Hatte er sie nur geküsst, weil es in die Stimmung des Abends passte? Oder hatte auch er sich das schon lange gewünscht? So viele offene Fragen standen im Raum und quälten sie, und nicht eine einzige hatte sie zu stellen gewagt.
Als das Flugzeug abhob und Sarah darüber nachdachte, ob Sam wohl irgendwo dort unten an einem Zaun stand und ihr hinterher sah, rollten die ersten Tränen unerbittlich ihre

Wangen hinunter. Sie hatten die hauchdünne Grenze zwischen Freundschaft und dem Mehr überschritten. Und es hatte sich zu gut angefühlt, um es nicht wieder zu tun. Aber fühlte es sich gut genug an, um ihre Freundschaft dafür aufs Spiel zu setzen? Oder würden sie wieder zurückfinden? Würden sie es schaffen, wieder an ihre flapsigen E-Mails anzuknüpfen, an das gegenseitige Foppen? Sarah wusste es nicht. Und am wenigsten wusste sie, ob sie dahin zurück *wollte*. Denn in ihr wuchs langsam die leise Gewissheit, dass es nicht genug sein würde.

Als sie am nächsten Tag zurück in ihr Leben ging, beide Füße fest auf die Erde setzte und ihren Buchladen wieder in Beschlag nahm, hatte sie das Gefühl, nicht nur zwei Tage, sondern zwei Jahre fort gewesen zu sein. Alles fühlte sich anders an. Jedes Buch schien ihr neu und fremd zu sein. Als gäbe es nur noch die Realitätseinteilung ›vor seinem Kuss‹ und ›danach‹.
Tina bemerkte ihre Veränderung sofort. »Schön, dass du wohlbehalten zurück bist! Wie war denn die Party ... wow ... was ist denn mit dir los?«
Sarah zögerte. Was sollte sie sagen?
»Es war schön! Ich habe Sams Freunde und einen Teil seiner Familie kennengelernt.«
»Und ...?« Tina war nicht bereit, sich damit zufrieden zu geben. Sarah war blass, in ihren Augen lag ein fiebriger Glanz.
»Und wir ... er hat ... das war ein sehr wirres Wochenende, um ehrlich zu sein.«

Da noch keine Kundschaft im Laden war, machte Tina frischen Kaffee und zog ihre Freundin dann zu der kleinen Sitzgruppe, die sie für besonders ungeduldige Leseratten eingerichtet hatten.

»Jetzt will ich aber auch alles hören! Los, erzähl!«

Sarah tat ihr den Gefallen. Sie erzählte von Anfang an bis zum Ende und brach dann in Tränen aus, sodass Tina ihr die Schachtel Kleenex reichen musste, die sie in der kleinen Küche des Buchladens fand.

»Und Sam hat nichts davon gesagt, dass er bald hierher kommt oder du wieder hinfliegen sollst ... dass ihr euch also irgendwie weiter annähert?«

Sarah schüttelte den Kopf. »Nein, nichts. Wir haben uns verabschiedet, dann ist er gefahren. Wahrscheinlich hat er mich nach der Party nur aus einer Laune heraus geküsst. Er hatte Wein getrunken, er war gut gelaunt ...vielleicht brauchte er einfach ...«

»Eine Frau zum Verarschen?«

Sarah sah Tina entrüstet an. »Nein! Vielleicht hatte er einfach Lust dazu. Ohne bestimmten Grund. Und ich war halt einfach zufällig da. Ich meine ... *ich* hab ja auch nicht die Initiative ergriffen, wenn wir ehrlich sind. Ich hätte genauso gut fragen können, wann wir uns wiedersehen.«

»Und jetzt?«

»Jetzt werde ich die Lieferung von Freitag sichten. Räumst du bitte die Krimi-Ecke auf?«

Tina verstand den Wink mit dem Zaunpfahl und nahm ihre Tasse Kaffee mit zu dem großen Tisch, auf dem sich die Krimis stapelten. Aus Erfahrung wusste sie, dass es vollkommen sinnlos war, jetzt weiter zu bohren. Sie wollte gerade ansetzen, um das Thema zu wechseln, als das kleine Glöckchen über der Ladentür bimmelte und der erste Kunde des Tages hereinkam.

5

Christian Blum war statistisch gesehen mit seinen siebzig Jahren nicht mehr der Jüngste, doch er hatte sich durch viel Sport und Bildung seine Jugendlichkeit bewahrt. Durchtrainiert und mit blitzenden blauen Augen betrat er den Buchladen ›Sarahs Bücherecke‹ am Montagmorgen, um sich mit neuem Lesestoff einzudecken. Er war bereits seit einigen Monaten Stammkunde in dem Geschäft, dessen gemütlicher Charme ihn sofort eingenommen hatte. Noch mehr Charme als der Laden versprühte aber die Inhaberin selbst. Der pensionierte Schönheitschirurg war zwar verheiratet, hatte aber sofort bemerkt, was für ein zauberhaftes Wesen den Buchladen führte, und wie viel Leidenschaft sie in ihr Geschäft steckte. Seit einigen Wochen führte er mit Sarah Westhoff immer wieder anregende Gespräche über Literatur und Kunst, und allmählich begann er zu merken, dass ihm diese Unterhaltungen eigentlich nicht genug waren. Er wollte die junge Frau außerhalb der Reichweite ihrer Buchrücken kennenlernen, wollte erleben, wie sie war, wenn das Leben sie gefangen nahm und in seinen Bann schlug.

Deshalb suchte er sich an diesem Morgen zielstrebig ein Buch aus einer der Regalreihen heraus, von dem er genau wusste, dass es überhaupt nicht seinem Stil entsprach. Und er wusste, dass *sie* das auch wusste. Sein Plan ging auf: Als er sich der Kasse näherte und Sarah einen Blick auf das Buchcover warf, kamen sie sofort ins Gespräch.
»Guten Morgen Herr Blum! Sie sind aber früh auf den Beinen. Aber ... was haben Sie sich denn da ausgesucht? Sind Sie sicher, dass Sie dieses Buch kaufen möchten? Das ist ein Liebesroman. Ein ziemlich ... auf Frauen zugeschnittener Liebesroman. Ich möchte Sie natürlich nicht von einem Kauf abhalten, aber ... da Sie einer meiner besten Kunden sind, halte ich es doch für meine Pflicht, Sie darauf aufmerksam zu machen, dass Sie dieses Buch möglicherweise hassen könnten.«
Sie lächelte ihn verschmitzt an, und er begann herzlich zu lachen.
»Meinen Sie? Ich dachte, ich versuche es mal. Aber jetzt, wenn ich es mir recht überlege ...«
Er las sich den Klappentext noch einmal durch, zwinkerte ihr dann zu. »Ich lege es unter einer einzigen Bedingung wieder zurück.«
Sarah erwiderte seinen freundlichen Blick. »Und die wäre?«
Sie mochte diesen charmanten Mann. Er war niemals aufdringlich, brachte sie stets zum Lachen und besaß zudem eine Allgemeinbildung, die es ihnen erlaubte, sich immer wieder in gute Gespräche über Kunst, Gott und die Welt zu vertiefen. Oft verbrachte er mehr als eine halbe

Stunde in ihrem Laden, wovon sie sich die meiste Zeit angeregt unterhielten.

»Ich möchte Sie gerne auf einen Kaffee einladen, Frau Westhoff. Was halten Sie davon?«

Sarah hatte mit allem gerechnet, aber nicht damit. Zu offensichtlich war der Ehering an seinem rechten Ringfinger, zu offen sein Charme als Lebemann.

»Ein Kaffee?!«

Plötzlich war eine andere Stimme aus den Tiefen des Buchladens zu hören. »Sarah, kommst du mal eben? Ich brauche hier deine Hilfe.«

Irritiert folgte sie dem Ruf ihrer Freundin, entschuldigte sich für einen Augenblick bei ihrem Kunden und verschwand im Hinterzimmer.

Tina stand dort bereits ungeduldig und sah sie eindringlich an. »Sag ja zu dem Kaffee! Er ist genau das, was du jetzt brauchst!«

Sarah schüttelte heftig den Kopf. »Er ist erstens zu alt für mich, und zweitens ist er verheiratet! Ich weiß überhaupt nicht, wie er auf so eine Idee kommt! Und außerdem ... fühlt es sich nicht richtig an.«

Tina schob sie schon wieder zurück in den Verkaufsraum. »Es ist ein K-a-f-f-e-e. Kein Heiratsantrag! So verstört, wie du wegen eines anderen gewissen Mannes bist, ist dieser hier die perfekte Ablenkung! Vielleicht gerade *weil* er verheiratet ist! Geh einen Kaffee mit ihm trinken und amüsiere dich ein bisschen! Eine angeregte Unterhaltung hat noch niemandem geschadet! Er bringt dich auf andere Gedanken. Na los!«

Widerwillig ging Sarah zurück in den Laden und näherte sich mit einem eher aufgesetzten Lächeln ihrem Kunden.
»Bitte entschuldigen Sie. Meine Kollegin brauchte Hilfe mit einem ... Karton. Also ... ich weiß nicht recht ...«
»Bitte, machen Sie mir die Freude. *Ein* Kaffee. Danach setze ich Sie wieder hier ab.«
Der flehende Ausdruck in seinen Augen war beinahe witzig.
»Na schön. Wann möchten Sie ...«
»Fräulein?« Tina kam irritiert mit einem Stapel Bücher in der Hand aus dem Hinterzimmer, als Christian Blum sie so ansprach.
»Ja bitte?«
»Würde es Ihnen sehr viel ausmachen, wenn ich Ihre Chefin für eine Weile entführe?«
Sie grinste breit über das ganze Gesicht. »Absolut nicht! Nehmen Sie sie ruhig mit, sie kann einen Kaffee heute Morgen wirklich gut gebrauchen!«
Bevor Sarah ihr einen giftigen Blick zuwerfen konnte, hatte Christian Blum ihre Hand schon in seine Armbeuge gezogen und lotste sie Richtung Tür.

Er führte sie in ein kleines Café im Herzen der Stadt, in dem es köstlich nach frisch gemahlenem Kaffee und hausgemachtem Kuchen duftete. In einer Kühltheke reihten sich angeschnittene Sahnetorten, Käse – und Schokoladenkuchen sowie mit diversen Obstsorten belegte Böden aneinander. Zwar war Sarah es nicht gewohnt, schon morgens etwas Süßes zu essen, aber diesem Angebot an Kuchen konnte sie unmöglich widerstehen. Deshalb stimmte sie zu, als ihr Begleiter sie zu einem Kännchen Kaffee und einem Stück duftenden Käsekuchen einlud, und folgte ihm zu einem kleinen Tisch am Fenster, wo sie sich setzten und den Blick auf das morgendliche Treiben auf dem Marktplatz genossen.

Sarah befand sich in einem seltsam angespannten Zustand, auch wenn dafür eigentlich kein Grund bestand. Es war ein deutlicher Unterschied, sich mit einem Kunden auf ihrem Terrain des Ladens zu unterhalten, oder hier, wo der Schutzschild der Arbeit plötzlich fehlte.

»Hat Ihre Frau denn nichts dagegen, dass Sie mit jemand anderem Kaffee trinken?«

Christian Blum lachte herzlich und nahm einen Schluck aus seiner Tasse. Als er sie munter wieder auf der Untertasse abstellte, schwappte ein wenig Kaffee über den Rand und badete den Fuß der Tasse. Er bemerkte es nicht, war zu sehr damit beschäftigt, Sarah zu bewundern.

»Machen Sie sich darüber keine Gedanken. Wenn etwas an dieser Situation hier nicht in Ordnung wäre, hätte ich sie sicher nicht herbeigeführt. Aber bitte ... sag doch Christian.«

Sarah wurde rot, überrascht von der plötzlichen Vertrautheit, lächelte und dankte Gott dafür, dass in diesem Moment der Kuchen serviert wurde, sodass sie sich vollkommen auf den Genuss des gigantischen Tortenstücks konzentrieren konnte. Nach zwei Gabeln voller Käsekuchen fand sie ihre Sprache wieder.

»Und was tun Sie ... tust du, wenn du nicht liest oder neue Bücher kaufst?«
Christian lehnte sich entspannt auf seinem Stuhl zurück. »Ich genieße das Leben, wenn du so willst. Ich habe lange Zeit fast ausschließlich gearbeitet und vielen Menschen zu einem schöneren Selbst verholfen. Ich kann es mir leisten, jetzt die angenehmen Seiten des Lebens zu genießen.«
Sarah runzelte die Stirn. Seine selbstgefällige Art machte ihn plötzlich ein Stück weit unsympathisch.
»Ein schöneres Selbst? Was soll das denn bedeuten? Du bist doch kein Schönheitschirurg oder so etwas ...?«
Er sah sie schuldbewusst an. »Du bist ein kluges Kind. Doch, allerdings. Genau das war mein Beruf. Vor einem Jahr habe ich aufgehört. Meine Frau kann es noch nicht lassen, sie liebt ihren Job zu sehr – sie handelt mit Antiquitäten. Aber ich habe beschlossen, es mir gutgehen zu lassen. Letzten Sommer habe ich meinen Tauchschein gemacht und danach zwei Wochen am Great Barrier Reef verbracht. Das war mein Auftakt ins Rentnerdasein. Ich probiere immer wieder neue Sachen aus. Mein nächstes Reiseziel steht bereits fest.«
Sarah sah ihn an, trank einen Schluck Kaffee und fragte pflichtschuldigst: »Und das wäre?«
»Ich werde nach Griechenland fliegen und dort die historischen Stätten besuchen. Eine nach der anderen.«
»Wow. Ein aufwändiges Unterfangen. Du hast wohl wirklich reichlich Zeit.« Sie konnte nicht umhin, seine Art etwas snobistisch zu finden und wünschte sich zurück zu ihren Büchern.

Plötzlich legte er seine Hand auf ihre. Sarah wollte sie zurückziehen, doch er hielt sie fest, sah ihr tief in die Augen. Sie war selbst überrascht, wie unangenehm es ihr war.
»Begleite mich.«
Sie stutzte. »Wie bitte?«
»Flieg mit mir dorthin. Überlass den Buchladen für eine Weile deiner Kollegin. Nur für ein paar Wochen.«
Jetzt war Sarah davon überzeugt, dass das viele Geld ihm den Sinn für die Realität geraubt haben musste. Sie kannte ihn doch kaum! Außerdem wollte sie unbedingt zu Hause sein, falls sich die Dinge mit Sam doch noch anders entwickelten, falls er doch die Nähe zu suchen begann, nach der sie sich so sehnte.
Sam ... Ihr Herz schien plötzlich wieder so schwer zu werden wie am frühen Morgen. Warum saß sie hier mit Christian und aß Kuchen? Sie wollte das doch im Grunde gar nicht. Sie wollte mit Sam durch seine Heimatstadt spazieren gehen. Sie wollte sein Lachen hören, zusehen, wie die Fröhlichkeit den Ausdruck in seinem Gesicht veränderte und seine Augen zum Strahlen brachte.
»Christian ... ich glaube, ich muss jetzt gehen. Meine Angestellte wartet sicher schon. Vielen Dank für die Einladung.«
Bevor er sie überreden konnte, noch eine Weile zu bleiben, hatte Sarah ihm endlich ihre Hand entzogen, stand auf und verließ fluchtartig das Café.

6

Sam Winslow saß an seinem Küchentisch und starrte auf den leeren Stuhl auf der anderen Seite. Vor ihm stand eine halb leere Flasche Rotwein, das Glas in seiner Hand war gefüllt. Es war der gleiche Wein, den er mit Sarah getrunken hatte.
Sarah.
Warum spukte diese Frau nach all den Jahren plötzlich so intensiv in seinem Kopf herum? Über Jahre hinweg hatte sie sich ihm immer wieder in Erinnerung bringen müssen, mit gelegentlichen E.Mails und WhatsApp. Es waren immer nur kurze Nachrichten, auf die er ebenso kurz geantwortet hatte. Es bestand kein Anlass, mehr daraus zu machen. Sarah und er kannten sich geschäftlich. Sie war charmant und fröhlich, und es war irgendwie nett, dass der Kontakt nie ganz abgerissen war.
Aber seit ihrem gemeinsamen Spaziergang war alles anders. Sie hatte sich seit damals kaum verändert, strahlte aber mehr als früher. Das Leben schien es gut mit ihr gemeint zu haben.
Er war auf alles gefasst gewesen, aber nicht darauf, dass sich ihre Nähe so gut anfühlen würde. Dass es so entspannt zwischen ihnen sein würde. Sie war keines dieser aufgeregten, albernen Hühner, von denen er schon viel zu viele kennengelernt hatte. Sarah war anders. Sie war intelligent und hübsch, eine Mischung, die er äußerst anziehend fand. Warum sonst hätte er diese verrückte Idee haben sollen, mit Mrs Hallow den Plan auszuhecken, der

dazu geführt hatte, dass Sarah das gesamte Wochenende bei ihm verbracht hatte! Und warum sonst hätte er sich dazu verleiten lassen sollen, sie zu küssen.

Vielleicht war genau dieser Kuss ein Fehler gewesen. Sam hatte in seinem Leben viele Frauen geküsst. Aber es hatte sich noch niemals zuvor *so* angefühlt. Bei keiner Frau hatte er das Gefühl gehabt, zu Hause zu sein. Sarah hatte dort so entspannt und friedlich auf der Treppe zu seinem Garten gesessen. Und sie hatte so herrlich geduftet. Es war vollkommen unmöglich gewesen, sie *nicht* zu küssen.

Im selben Augenblick hatte er gewusst, dass er nicht bereit war, diese besondere Freundschaft aufzugeben. Er hatte daran gedacht, mit ihr zu schlafen. Der Augenblick wäre perfekt gewesen. Doch es hätte entzaubert, was sie teilten. Es hätte sie beide zu einem One-Night-Stand degradiert, und das konnte Sam nicht zulassen. Und so hatten sie lediglich gekuschelt, und es war die schönste Nacht geworden, an die er sich erinnern konnte.

Gedankenverloren trank er einen weiteren Schluck Wein. Als er sie zum Flughafen gebracht hatte, hatte etwas in ihm laut aufgeschrien. Er hatte dieser Stimme nicht gehorchen wollen. Sie waren zu verschieden. Sie hatte ihr eigenes Leben, diesen wunderbaren Buchladen. Er konnte unmöglich verlangen, dass sie das alles für ihn aufgab. Und er wollte für seine Mutter da sein. Deswegen war er nach England zurückgegangen. *Er* hatte diesen alles besiegelnden Schritt getan und die Entfernung zwischen ihnen aufgebaut. Für einen Menschen, von dem er nicht wusste, wie lange er ihn noch würde genießen können.

Sam überlegte, Sarah zu schreiben. Ihr zu erklären, was in ihm vorging. Aber was wollte er dann eigentlich sagen? Wenn er ehrlich schrieb, was in ihm vorging, wäre das Ende ihrer Freundschaft besiegelt. Es würde die Dinge unausweichlich kompliziert machen. Plötzlich musste er grinsen. Sarah und er waren offenbar das beste Beispiel dafür, dass platonische Freundschaften zwischen Männern und Frauen nur möglich waren, wenn einer der Beteiligten homosexuell war.

Er leerte sein Glas in einem Zug und beschloss, ihre Freundschaft wieder auf eine neutralere Ebene zu bringen. Es schien die einzige Lösung zu sein, für sie beide, auch wenn diese leise Stimme in seinem Herzen stetig und eindringlich genau das Gegenteil schrie.

Sarah saß zu Hause vor ihrem Laptop und schwieg das E-Mail-Programm an. Zuerst hatte sie gehofft, vielleicht eine Nachricht von Sam erhalten zu haben. Etwas wie »danke, dass du da warst« oder so. Als das nicht der Fall war, hatte sie überlegt, ob das nicht eher ihre Pflicht war, eine Sache des Anstands, wenn man Gast auf einer Feier gewesen war. Sich zu bedanken. Nettigkeiten von sich zu geben.

Das E-Mail-Programm schwieg zurück. Zwei Tage waren vergangen, seitdem sie aus England zurückgekehrt war. Zwei Tage, in denen sie alle paar Minuten auf ihr Handy geschaut hatte. Ein Tag, an dem sie verkrampft gehofft hatte, Christian Blum würde nicht erneut ihren Laden betreten.

Ihre Gedanken schweiften ab. Ein gemeinsamer Kaffee und ein Stück Käsekuchen, und schon lud der Mann sie zu einer gemeinsamen Griechenlandreise ein. Trotz Ehefrau an seiner Seite. Ernsthaft? Vielleicht war seine Einladung ja nur ein Scherz gewesen. Aber so hatte sie sich nicht angehört. Ganz und gar nicht.
Mit Sam hätte sie das gemacht, dessen war sich Sarah ziemlich sicher. Eine Reise mit einem guten Freund. Oder? *Wem mache ich hier eigentlich etwas vor*, dachte sie. Und plötzlich wusste sie, was sie zu tun hatte.

Lieber Sam,
ich danke dir noch einmal ganz herzlich für die Einladung zu deiner Party. Es war ein wunderbares Wochenende, und ich habe jede Sekunde davon genossen. Ich wusste gar nicht, dass du so gut kochen kannst. ☺

Sie zögerte. Sollte sie ihn fragen, wann er wieder nach Deutschland kam? Hatte er vor, überhaupt noch einmal hierher zu reisen? Sie hatten am Wochenende nicht darüber gesprochen, einfach nur den Moment genossen. Ihr fiel auf, dass sie genauso schlau wie vor ihrer Abreise war. Nur, dass es jetzt noch mehr Fragezeichen gab, nach diesem weltverändernden Kuss. Nach dieser zwischenmenschlichen Nähe, die alles bislang Gekannte in den Schatten stellte. Was waren sie füreinander? Was war sie für Sam? Sarah war sich ziemlich sicher, dass sie bereits wusste, was Sam für sie war, oder was er hätte sein können. Wenn er sie gebeten hätte, zu bleiben. Wenn sie einfach nicht gegangen wäre.

Es war wunderbar, deine Familie und Freunde kennenzulernen. Deine Mutter scheint ein besonderer Mensch zu sein, ich habe sie auf Anhieb gemocht. Bitte richte ihr meine herzlichen Grüße aus.
Ist dein Bruder eigentlich immer so forsch?
Vielleicht bekommen wir ja wieder einmal die Gelegenheit, so schöne Momente miteinander zu verbringen.

Alles Liebe, Sarah

War es zu neutral? Das wäre es vielleicht gewesen, hätte Sam sie zum Abschied innig geküsst. Was er nicht getan hatte. Also schien ihr der Ton dieser E.Mail durchaus angebracht. Bevor sie länger darüber nachdenken und die Nachricht eine Million Mal ändern konnte, klickte sie auf den Senden-Button und vertraute sie den unendlichen Weiten des World Wide Web an.

Es vergingen zwei Wochen, bevor eine Antwort aus England kam. Zwei Wochen, in denen sie sich und anderen einzureden versuchte, dass es ihr gutging. Dass sie glücklich war und weitermachte wie immer.
Erst, als sie die E-Mail sah und sofort Schmetterlinge durch ihren Bauch zu tanzen begannen, wurde ihr bewusst, dass es ihr alles andere als gut ging.

Hi Sarah,

es war ein bisschen stressig hier, deswegen konnte ich nicht früher antworten, tut mir leid. Freut mich, dass dir meine Party und das Wochenende gut gefallen haben. Ich fand es auch sehr schön!
In der Zwischenzeit habe ich einen neuen Job gefunden und betreue für einen kleinen Verlag Autoren hier in der Umgebung. Das ist eine ganz andere Arbeit als früher, als ich nur die Schnittstelle zwischen Verlag und Buchhandel war. Mich jetzt unmittelbar mit den Autoren auseinanderzusetzen... nun, wir werden sehen, wie gut das gelingt.
Meine Mutter lässt dich herzlich zurückgrüßen.

Wie ist das Leben in Deutschland? Wie läuft dein Buchladen? Wir haben gar nicht darüber gesprochen, als du hier warst.

Pass auf dich auf,
Sam

Sarah schluckte ihre Enttäuschung hinunter. Es war okay. Völlig okay. Sie machten dort weiter, wo sie immer gewesen waren. Als Freunde. Vielleicht war es besser so. Auch wenn sie die persönliche Note oder einen Hinweis darauf, dass er vielleicht Sehnsucht nach einem Wiedersehen hatte, in seiner Nachricht völlig vermisste, so gab es ihr doch ein warmes Gefühl, ihn zu lesen. Seine E-Mails, so kurz sie manchmal waren, lösten stets diese

Wärme in ihr aus. Als ob sie etwas Heißes getrunken oder sich ein Heizkissen auf den Bauch gelegt hätte. Es war ein Gefühl, das sich jedes Mal bis in ihre Fingerspitzen ausbreitete und wovon sie zehren konnte, tagelang.
Sarah legte ihre Finger auf die Tastatur des Laptops, um die Antwort zu schreiben. Hielt inne. Spürte die glatte Oberfläche der Tasten unter ihren Fingerkuppen.
Plötzlich war ihr Kopf leer. Ja, wie lief denn das Leben in Deutschland? Sie verkaufte Bücher, traf sich mit Freunden. Wurde von einem verheirateten Mann angebaggert.
Was eigentlich zählte, was ihr wirklich wichtig war, konnte sie nicht formulieren:
Ich sehne mich nach dir. Ich möchte dein Lächeln sehen, möchte dich berühren. In deiner Nähe sein.

Was würde passieren, wenn sie es doch schrieb?
Seufzend lenkte Sarah den Pfeil der Maus auf das kleine x in der oberen Ecke der geöffneten E-Mail und schloss das Fenster. Sie hatte einfach nicht den Mut, so ehrlich zu sein. Nicht im Moment. Nicht heute. Da sie Smalltalk aber gerade beim besten Willen nicht zustande brachte, würde sie einige Tage warten, ehe sie Sam antwortete. Er tat das immer. Es würde ihn nicht stören, wenn sie nicht sofort schrieb. Wahrscheinlich bemerkte er es nicht einmal.

7

In dem Gedächtnis eines anderen Mannes war Sarah dafür offenbar sehr präsent, wie sie wenige Tage später feststellte.
Es war Freitag, als sie gerade im Lager die Lieferung eines

Verlags auspackte und die Bücher per Scanner in ihrem Computersystem erfasste. Es handelte sich um insgesamt zehn verschiedene Romane. Wie immer würden Tina und sie sich die Lektüre aufteilen, sodass jede von ihnen fünf der Bücher las. So war gewährleistet, dass sie ihre Kunden stets fachkundig beraten konnten. Sarah hatte gerade einen Liebesroman in der Hand, deren Autorin ihr nur flüchtig bekannt war, als sie aus dem Laden die Türglocke hörte. Kurz darauf kam Tina geschäftig ins Lager gelaufen.
»Sarah?«
»Ich bin hier hinten. Brauchst du Hilfe?«
Das Zögern dauerte lange genug, um sie aufblicken zu lassen. »Was ist los?«
»Es ist ... dieser Typ. Der dich neulich zum Kaffee eingeladen hat.« *Ach du Schande.*
»Christian Blum.«
»Genau. Gehst du, oder soll ich ihm irgendwas erzählen?«
Sarah schüttelte den Kopf. „Nein, lass nur. Das wäre albern. Und würde ihn nicht daran hindern, wiederzukommen. Würdest du hier weitermachen? Du kannst dir auch schon aussuchen, welche Bücher du lesen möchtest. Nur das hier will ich selbst lesen. Ich möchte gerne mehr über die Autorin erfahren.«
Tina nickte, nahm Sarah das Buch und den Scanner ab und sah ihr nach, als sie sich nervös die Hände an der Jeanshose abwischte und den Verkaufsraum betrat.

»Christian. Schön, dich zu sehen. Womit kann ich dir heute dienen? Neues Buch gefällig?« Sie lächelte ihn freundlich, aber unverbindlich an, was er etwas gekränkt zur Kenntnis nahm.
»Geht es dir gut?« Sein Blick war eindringlich. Als wollte er in die Tiefen ihrer Seele vordringen und entschlüsseln,

was dort verborgen war.
»Ja sicher. Alles gut. Und wie geht es dir?«
Er zögerte, spielte mit dem Autoschlüssel in seiner Hand, bevor er ihn in der Manteltasche verschwinden ließ. Sarah wartete geduldig ab, doch ihr schwante bereits, dass er nicht vorhatte, weiter Smalltalk zu betreiben.
Ihr Instinkt betrog sie nicht: »Sarah ... ich möchte mich bei dir entschuldigen. Weil ich bei unserem Kaffee neulich so mit der Tür ins Haus gefallen bin. Das war nicht meine Absicht.«
»Ist schon in Ordnung, vergiss ...«
»Nein, es ist nicht in Ordnung«, unterbrach Christian sie forsch. »Es ist nicht meine Art, so direkt zu sein. Ich wollte uns eigentlich ... mehr Zeit geben. Aber in dem Moment ... das Gespräch entwickelte sich halt irgendwie, und der Augenblick schien günstig ... es tut mir wirklich leid.«
Sie nickte, lächelte verkrampft. Was sollte das denn heißen, er wollte ihnen Zeit geben? Zeit *wofür*?
»Ehrlich, mach dir keinen Kopf. Alles in Ordnung. Wir vergessen das einfach. ... Kann ich dir vielleicht ein neues Buch empfehlen?«
Sie versuchte, charmant zu lächeln, aber sein gequälter Gesichtsausdruck zeigte ihr, dass er noch nicht fertig war und gerade an alles dachte, nur nicht daran, sich ein neues Buch auszusuchen.
»Ich möchte ... ich würde gerne mit dir ins Kino gehen, wenn du einverstanden bist. Oder dich zum Essen einladen. Ich verspreche auch, dich nicht zu einem gemeinsamen Urlaub zu überreden.«
Sarah nahm erstaunt zur Kenntnis, dass dieser charmante Pensionär, der wahrscheinlich schon mit einigen Frauen vor ihr geflirtet hatte, rot bis in die Haarwurzeln wurde!
Plötzlich ging Tina hinter Sarah vorbei und flüsterte ihr

fast unhörbar zu: »Erlöse den armen Mann, sag ja!«
Sarah war sich alles andere als sicher, ob sie das wollte. Er war ein netter Mensch, solange sie hier in ihrem Laden standen und sich unterhielten. Aber eigentlich fand sie ihn nicht nett genug, um mit ihm essen oder ins Kino zu gehen. Davon abgesehen ... was war denn eigentlich mit seiner Frau? Lebten sie getrennt, trug er den Ehering nur noch pro forma? Das würde erklären, warum er das Thema bei ihrer letzten Unterhaltung im Keim erstickt hatte.
Ihre Gedanken schweiften zu Sam. Zu ihrer vollkommen unerfüllten Sehnsucht und der Ungewissheit, was aus ihrer Freundschaft werden würde. Ob es mehr geben konnte als jetzt.
Sie sah Christian fest in die blauen Augen, die sie so anstrahlten, dass sie beinahe glaubte, er hätte sich in sie verliebt. Er war anscheinend bereit, ihr jede Aufmerksamkeit zu geben, die sie sich wünschte. Und die sie von Sam nicht bekam.
»In Ordnung. Gehen wir ins Kino.«
Er strahlte sie so glücklich an, dass sie ein schlechtes Gewissen bekam. Als er den Buchladen verließ, war sich Sarah sicher, einen Fehler zu machen, der auf Christians Kosten gehen würde.

»Du hast dich ja nicht mal schick gemacht, Liebes.« Tina blickte ihre Freundin prüfend an, als sie am Montagmorgen in den Laden kam. »Oder ziehst du dich noch um, bevor dein Kavalier dich heute Abend abholt?«
Sarah verdrehte die Augen. »Ich bitte dich. Wir gehen ins Kino. Da sieht sowieso kein Mensch, was ich anhabe.«
»Du freust dich ja richtig auf den Abend. Warum hast du überhaupt zugesagt, wenn du gar nicht hingehen willst?«
Sarah ließ den Kopf hängen. »Er ist aufmerksam. Gefällt

es dir nicht auch, wenn ein Mann aufmerksam ist? Das kann man von einem anderen Menschen im Moment nicht gerade behaupten. Davon abgesehen hast du mich ja wohl mehr oder weniger überredet, die Einladung anzunehmen.«

Tina fing an, zu lachen. »Ach so. Du bist verzweifelt. Sag das doch gleich. Hat Sam sich noch einmal gemeldet?«

»Ja. Sachlich und nett. Gestern habe ich ebenso sachlich und nett geantwortet. Ganz ehrlich: Wenn das so weitergeht, dann ist unsere Freundschaft bald hinüber. Vielleicht war es ein Fehler, das Wochenende bei ihm zu verbringen. Vielleicht war es ein Fehler, ihn zu küssen.«

Tina stemmte die Hände in die Hüften und sah ihre Freundin wütend an. »Sag mal, brennen dir jetzt alle Sicherungen durch, oder was? Wenn ich deinen Bericht richtig verstanden habe, war Sam es, der irgendwas mit der Pensionswirtin gemauschelt hat, sodass du das gesamte Wochenende bei ihm verbracht hast, richtig? Und wenn ich das weiterhin richtig verstanden habe, war *er* es, der *dich* geküsst hat.«

»Ja, und offenbar bereut er das jetzt, warum sonst macht er keinerlei Andeutungen mehr oder fragt mich, wann ich wiederkommen kann, hm?«

Darauf wusste Tina leider auch keine Antwort, deshalb arbeiteten sie eine Weile still vor sich hin, bis die ersten Kunden mit ihrem Geplapper die Leere in Sarahs Kopf füllten und sie von den Gedanken an die abendliche Verabredung abhielten.

Christian erschien pünktlich um halb sieben im Buchladen, in der Hand einen riesigen Strauß Blumen. Sarah bedankte sich lächelnd und stellte den bunt zusammengewürfelten Strauß in eine Vase, die sie auf der

Kassentheke abstellte. »So wirken sie im ganzen Laden. Vielen Dank. Sie sind wunderschön. Sollen wir losgehen?«
Wenige Minuten später verließen sie gemeinsam das Geschäft und schlenderten die Straße hinunter in Richtung Kino.
»Möchtest du vor dem Film noch eine Kleinigkeit essen? Wir hätten noch Zeit für eine Pizza, wenn du magst.«
Sarah lehnte dankend ab, wehrte sich aber nicht, als Christian ihre Hand durch seinen Arm zog. Der unbestimmte Blick, den er ihr dabei zuwarf, verunsicherte sie.
»Du bist eine wunderschöne Frau, Sarah. Hat dir das schon mal jemand gesagt?«
Sie lächelte nervös. Was hatte er vor? In Gedanken schalt sie sich selbst ein dummes Huhn. Er hatte ihr Blumen mitgebracht und führte sie ins Kino aus. Was sollte er schon vorhaben!
»Vielen Dank. Welchen Film schauen wir uns eigentlich an?«
»Sie bringen eine Sondervorstellung von ›Was das Herz begehrt‹. Einverstanden?«
Sarah wollte nicht widersprechen. *Es ist eine Komödie. Ganz ruhig. Du hast was zum Lachen. Das ist doch was.* Sie versuchte zu verdrängen, dass es im Wesentlichen um eine Liebesgeschichte ging. Dass es romantische Szenen gab, und davon reichlich.
Als sie an der Kasse standen und Christian die Karten kaufte, musterte Sarah ihn unauffällig, nahm sich zum ersten Mal die Zeit, den Mann zu betrachten, der sie von Sam ablenken sollte. Er war sportlich und schlank, gut gekleidet. Der kurze Schnitt seines grauen Haares war modisch und ließ ihn jünger wirken. Nur seine Hände, die

erste Altersflecken aufwiesen und feingliedrig waren, wie Hände älterer Menschen es zu sein pflegen, wenn die Fülle des Gewebes nachlässt, verrieten, dass er schon ein wenig in die Jahre gekommen war.

Als er im Kinosaal seinen Mantel ablegte, schielte Sarah verstohlen auf seinen Po. Dessen Rundungen ließen auf rege sportliche Betätigung schließen. Leise musste sie in sich hineinlachen. Christian bemerkte es und sah sie fragend an. »Darf ich mitlachen?«

»Ehm ... ich habe gerade nur an eine lustige Bemerkung gedacht, die Tina heute gemacht hat. Nicht so wichtig.«

»Tina ist deine Angestellte, richtig?«

»Freundin trifft es eher. Sie ist beides.«

Er setzte sich neben sie und legte spontan seine Hand über ihre, verschränkte seine Finger in ihren.

Sie fühlte sich warm und trocken an. Sarah konnte nicht behaupten, dass die Berührung unangenehm war. Sie zog ihre Hand nicht zurück. Aber es war so überraschend viel Nähe, dass sie nicht in der Lage war, ihn gleichzeitig anzusehen. Steif wie eine Statue saß sie in ihrem Kinosessel und sah geradeaus, beobachtete scheinbar fasziniert eine Familie mit mehreren jugendlichen Kindern, die sich umständlich und mit viel Aufhebens einige Reihen vor ihnen niederließen.

Es schienen Ewigkeiten zu vergehen, bis Christian seine Hand von ihr löste und nach seiner Geldbörse griff. Erleichtert atmete Sarah auf.

»Was machst du?«

»Ich will uns Eiskonfekt besorgen. Hast du Lust?«

Bei der Tiefe seines Blickes war sich Sarah keinesfalls sicher, dass er die Lust auf Eis meinte, sagte aber nichts.

Kurz darauf, als der Eisverkäufer ihre Sitzreihe passiert hatte, schob Christian ihr die geöffnete Packung Konfekt

hin. Als sie nicht sofort zugriff, nahm er selbst eins der viereckigen, mit Schokolade überzogenen Stücke und schob es ihr in den Mund, sodass ihre Lippen seine Finger berührten. Dabei sah er ihr erneut kilometertief in die Augen, bis sie puterrot anlief und sich, das Eis intensiv lutschend, wieder der Familie zuwandte, die sich mittlerweile gesetzt hatte und kein spannendes Programm mehr darstellte.
»Hm. Süß. Schmeckst du auch so?«, fragte Christian leise. Sie wollte sich zu ihm drehen und ihn fragen, was er damit meinte, als er sich auch schon zu ihr gebeugt und ihr einen sanften Kuss auf den Hals gedrückt hatte. Plötzlich schien in dem Kinosaal keine Atemluft mehr vorhanden zu sein. Seine Lippen waren kühl. Hatte sie es sich eingebildet, oder hatte er tatsächlich versucht, an ihr zu knabbern?
»Ehm ...« Mehr fiel ihr nicht ein. Eine Alarmglocke begann, gleichmäßig und unbarmherzig in ihr zu läuten.
Bim – bam. Bim – bam.
Es ging zu schnell, viel zu schnell. Christian wollte weit mehr, als Sarah zu geben bereit war. Und weit mehr, als ein verheirateter Mann fordern sollte.
Wenig später wurde sie sich bewusst, dass ihre rechte Hand in die Armlehne des Sessels gekrallt war. Langsam ließ sie los und legte ihre Hände in den Schoß. Endlich ging das Licht aus, der Film begann.
»Du duftest wunderbar«, war das Letzte, was sie hörte, bevor die Titelmusik jedes weitere Geräusch überlagerte.

Sarah hatte geglaubt, der Kuss auf den Hals wäre das Intimste gewesen, was ihr an diesem Abend bevorstand. Wie sehr sie doch irrte.
Nachdem sie romantische Filmszenen bei Kerzenlicht überstanden hatte, ohne dass Christian noch einmal

versucht hatte, mit ihr Händchen zu halten oder sich ihr anderweitig zu nähern, waren sie dem Kino schließlich nach Ende des Films harmlos nebeneinanderher gehend entkommen.

Bis sie sich dem Buchladen näherten. Sarahs Plan war eigentlich, sich vor dem Geschäft von ihm zu verabschieden, hineinzugehen, zu warten, bis er weg war, und dann den Laden wieder abzuschließen und nach Hause zu gehen. Aber sie hatte ihre Rechnung ohne Christian gemacht.

»Du willst doch jetzt nicht wirklich wieder zurück zum Laden, oder?«

»Ehm ... doch. Dann kann ich noch ein wenig ...« Sie war sich sicher, eine sinnvolle Erwiderung auf der Zunge gehabt zu haben. Doch seine Hand, die plötzlich auf ihrer Pobacke lag, fegte vorübergehend jeden Gedanken aus ihrem Kopf. Er blieb stehen, presste sie an sich.

Mit den Händen versuchte sie, sich an seinem Brustkorb abzudrücken. »Christian, bitte. Ich muss jetzt ...«

Im Dunkeln wirkten seine sonst strahlendblauen Augen fast schwarz. Schwach roch sie sein Aftershave, vermischt mit dem Hauch von Eiskonfekt, als sich sein Mund ihr näherte.

»Lass doch den Laden. Heute Abend gehörst du mir.«

Es war nicht mehr als ein Flüstern, das gierig über seine Lippen kroch.

Offenbar hatte sie seine Absichten deutlich unterschätzt. Plötzlich kam sie sich unendlich naiv vor. Was wollte ein verheirateter Mann schon, der sie ins Kino ausführte und sich ihr bereits vor Beginn des Films auf die Art näherte! Aber sie kam nicht dazu, sich über sich selbst zu ärgern. Bevor sie klar denken konnte, hatte sich sein kühles Lippenpaar so sanft auf ihren Mund gelegt, dass sie sich

für einen kurzen Moment nicht sicher war, ob sie sich den Kuss nur einbildete. Es war zu viel. Es war entschieden zu viel Nähe, um sie zuzulassen. Sie wollte das nicht! Und doch hatte sie Christian, indem sie seine Einladung annahm, ganz klar signalisiert, *dass* sie es wollte. Wie kam sie da jetzt wieder heraus?
Einer plötzlichen Eingebung folgend hob sie die Arme um seinen Hals, ließ seinen Mund im wahrsten Sinne des Wortes links liegen und drückte ihm einen sanften Kuss auf die Wange. Dann ließ sie ihn los und brachte so viel Abstand zwischen sich und ihn, dass sie sich wieder wohlfühlte. »Gute Nacht, Christian. Vielen Dank, es war ein schöner Abend.«
Ohne ihm noch einmal in die Augen zu schauen, wandte sie sich ab, schloss hektisch und mit zitternden Fingern die Ladentür auf und verkroch sich in ihr eigenes Reich, nachdem sie ihm die Tür vor der Nase zu gemacht hatte.
Unglücklich und mit Tränen in den Augen lief sie bis ins Lager, wo er sie nicht sehen konnte, sollte er noch eine Weile vor der Tür stehen und durch das Glas hineinschauen.
Was hatte sie sich nur dabei gedacht, dieser Einladung zuzustimmen? Sie wusste doch, dass sie diesen Mann nicht wollte! Dass ihr Herz einem anderen gehörte. Millionen anderer Menschen waren ebenfalls unglücklich verliebt. Warum ergab sie sich nicht in ihr Schicksal wie all diese anderen Menschen, verkroch sich zu Hause, schaute sich weinend Liebesschnulzen an und ertränkte ihr Herz in Alkohol und Schokolade?
Weil du nicht so bist, antwortete ihre innere Stimme. *Weil du dich schon immer geweigert hast, dich zu verkriechen. Weil du die Dinge anpackst und etwas aus deinem Leben machst.*

Während sie so dastand, an die Wand gelehnt, den Blick auf Kartons mit Büchern, Grußkarten und Ziergegenständen gerichtet, erinnerte sie sich an die Zeit, in der sie für ihren kleinen Laden gekämpft hatte. Niemand hatte an sie geglaubt. Nicht einmal ihre eigenen Eltern. Jeder hatte es für eine Schnapsidee gehalten. Es gab Buchläden wie Sand am Meer. Einer mehr oder weniger würde nicht ins Gewicht fallen. Aber Sarah blieb entschlossen. Keiner der Buchläden, die sie kannte, hatte den Charme, den sie sich wünschte. Den Charme eines Strandhauses, mit weißen Naturholzmöbeln und Stranddekoration. Wenn man ihren Laden betrat, war man sofort im Urlaub. Man war entspannt, konnte sich in eine gemütliche Lese-Ecke zurückziehen. Und glaubte beinahe, Sand unter den Füßen zu spüren. Wenn man in ihren Laden kam und sich darin verlor, war man jedes Mal wieder aufs Neue überrascht, nicht das Meer zu sehen, wenn man die Tür nach draußen wieder öffnete. Und genau das war ihr Geheimnis, wie alle Neider irgendwann hatten zugeben müssen. In ihrem Buchladen konnte man Urlaub machen, für eine gewisse Zeit. Man gab die Realität an der Türschwelle ab, tauchte in andere Welten ein, vergaß sich selbst. Und dass man vielleicht eigentlich kein Buch hatte kaufen wollen. Doch im Urlaub, wenn man entspannt war, gab man gerne Geld aus. Wem ging das nicht so? Und genau deshalb kamen die Kunden nicht nur herein. Nein, sie kauften Bücher. Viele Bücher. Um sie am Strand zu lesen, oder in der Hängematte. Oder am Abend auf der Terrasse, bei Kerzenschein und einer sanften Brise. Und erst, wenn sie den Laden wieder verließen, erinnerten sie sich daran, dass der nächste Strandurlaub erst im nächsten Jahr geplant war. Dass sie keine Hängematte besaßen und dass die Terrasse

eigentlich nur ein schmuddeliger Hinterhofbalkon war. Aber die Bücher hatten sie dann in ihrer Tasche, nicht willig, dieses kleine Stück Paradies wieder herzugeben.
Sarah erinnerte sich lächelnd an eine Kundin, die tatsächlich, erfüllt von der Atmosphäre in ihrem Geschäft, ihren Balkon in eine kleine Wohlfühl-Oase verwandelt hatte, um sich dieses Urlaubsgefühl zu Hause zu erhalten. Sie war ihre beste Kundin geworden, kaufte regelmäßig neue Lektüre und genoss sie auf ihrem Balkon, zwischen weichen Kissen, bei dem Schein einer alten Petroleumlampe, mit einer Tasse Tee zwischen ihren vor Spannung ganz klammen Fingern.
Sarah seufzte und fuhr sich mit der Hand müde durch das Gesicht. Der Abend war gelaufen. Ihr abrupter Abschied musste selbst dem ignorantesten Mann deutlich gemacht haben, dass sie nicht weitergehen wollte, was bedeutete, dass Christian sie zukünftig wohl in Ruhe lassen würde. Und sich, wenn sie Pech hatte, einen anderen Buchladen suchte, um seine Sucht nach Literatur zu befriedigen.
Sie knipste das Licht im Lagerraum aus, ging durch den Verkaufsraum, wobei sie den Blick liebevoll über die Einrichtung schweifen ließ, und öffnete schließlich die Tür.
»Was ...?« Das Blut schoss ihr ins Gesicht, als sie in Christians Augen sah.
Warum ist er noch hier? Jeder andere Mann wäre schon längst gegangen!
»Hast du alles erledigt? Komm, ich bringe dich nach Hause. In der Dunkelheit solltest du nicht allein gehen.«
Er sagte es ganz ruhig, beinahe im Plauderton. Als hätte er nicht vor wenigen Minuten versucht, sie zu küssen, und als hätte sie ihn nicht derart unhöflich abgewimmelt, ihm die Tür vor der Nase zugeknallt.

»Christian ...«
Er gab ihr ein Zeichen, still zu sein, legte aber, als sie abgeschlossen hatte und sich zum Gehen wandte, den Arm um ihre Schultern.
»Ich war zu stürmisch. Entschuldige.«
Eine Weile gingen sie nebeneinanderher, fielen in Gleichschritt, schwiegen. Die Absätze von Sarahs Schuhen hallten gedämpft durch die Straße. Ein Fahrradfahrer fuhr mit quietschenden Pedalen an ihnen vorbei. Eine Katze miaute leise, tauchte kurz zwischen zwei Häusern auf und verschwand mit aufgestelltem Schwanz in einem Gebüsch.
Schließlich durchbrach Christian die Stille zwischen ihnen.
»Weißt du, Sarah ... als ich deinen Laden zum ersten Mal betrat, wusste ich sofort zwei Dinge: erstens, dass das ein ganz besonderes Geschäft ist, und zweitens, dass es von einer sehr besonderen Frau geführt wird.«
Sarah sah stur geradeaus. »Ich danke dir.«
Eine kleine Stimme in ihr fing an zu beten, dass er ihr *nicht* sagen würde, dass er sich in sie verliebt hatte. Sie ahnte es bereits, aber solange es nicht ausgesprochen war, konnte sie sich einreden, dass es Einbildung war.
Zehn lange Minuten später hatten sie das Haus erreicht, in dem sie wohnte. Und damit war passiert, was Christian offenbar bewusst herbeiführen wollte, sie aber zu vermeiden versucht hatte: dass er wusste, wo sie wohnte.
»So. Ende des Spaziergangs.«
Sie lächelte überrascht, als er ihr höflich die Hand reichte.
»Gute Nacht, Sarah Westhoff. Du bist eine wunderbare Frau, und ich hoffe, du hast heute Nacht schöne Träume.«
Damit beugte er sich zu ihr und hauchte ihr einen absolut unschuldigen, freundschaftlichen Kuss auf die Wange,

bevor er ihre Hand entließ und ohne Eile die Straße entlang schlenderte. Es war das erste Mal, dass Sarah es erlebte, dass ein Mann einen Korb bekam und trotzdem vollkommen Herr der Lage war.

8

Es vergingen ungefähr drei Wochen, bevor sie einander wiedersahen. Von Sam hatte sie während der ganzen Zeit nichts gehört. Zwar hatte sie ihm wenige Tage nach seiner E-Mail geantwortet, dass es ihr gut ginge und alles wie immer liefe, aber er schwieg sich seitdem aus. Ihr Postfach schien sie geradezu zu verhöhnen, mit jeder Nachricht, die ausblieb.
Es war fast eine willkommene Ablenkung, als Christian eines Nachmittags wieder in ›Sarah's Buchladen‹ auftauchte und sie zwang, sich wieder mit ihm auseinander zu setzen.
»Christian. Wir haben uns lange nicht gesehen.« Sie griff die Hand, die er ihr zum Gruß reichte, und schüttelte sie herzlich.
»Ich hatte einiges zu erledigen. Wie ist es dir inzwischen ergangen?« Sein Blick drückte ehrliches Interesse aus. Ihr fiel dennoch auf, dass er nicht so entspannt wie sonst war. In seinen Augen lag etwas Trauriges, und er hatte ein wenig abgenommen.
»Alles beim Alten. Aber wie geht es dir? Du siehst ...verändert aus.«
Ein bekümmertes Lächeln erhellte seine Miene nur für Sekunden.
»Ich hatte mit einigen ... atmosphärischen Störungen zu kämpfen. Aber das ist nun geklärt.«

Sarah wartete auf weitere Ausführungen, doch er beließ es dabei und ließ seinen Blick stattdessen über den Krimi-Tisch wandern.

»Hast du etwas Neues, das du mir empfehlen kannst?«

Sie kam um die Kassentheke herum auf ihn zu, deutete auf einen Thriller, über dessen Cover ein Schild ›Neuerscheinung‹ baumelte.

»Dieses hier ist erst vor wenigen Tagen auf dem Markt erschienen. Hochspannung pur, so viel kann ich dir verraten.« Sie gab Christian einen kurzen Abriss des Inhalts, ohne die Pointe des Buches zu verraten, und erreichte, was sie schon vermutet hatte: Er entschied sich dafür, den Roman mitzunehmen, ebenso wie zwei weitere Bücher von demselben Tisch.

»Meine Frau ist für einige Wochen verreist. Die Zeit werde ich mit Büchern und Kunst füllen.«

Sarah lächelte unverbindlich. Aha. Also war die passende Ehefrau zu seinem Ring doch noch aktiv im Spiel.

»Hör mal ... ich habe dem Museum für Kunstgeschichte erst vor wenigen Tagen eine meiner Skulpturen als Leihgabe überlassen, für die Dauer der aktuellen Ausstellung. Hast du nicht Lust, sie dir mit mir anzuschauen?«

»Eine *deiner* Skulpturen? Bist du freischaffender Künstler?« Sie konnte nicht verhindern, dass ihr vor Staunen die Kinnlade herunterfiel. Aber er korrigierte sich sofort: »Nein, nein. Entschuldige, ich hab mich wohl falsch ausgedrückt. Die Skulptur gehört mir, ich habe sie vom Künstler selbst erworben.«

»Ach so.« Sarah dachte darüber nach. Ein erneutes Date? Das war keine gute Idee, wie sie zweifelsfrei feststellen musste. Auf der anderen Seite reizte es sie sehr, in das Museum zu gehen. Man musste ihr die Zweifel angesehen haben, denn Christian hob plötzlich abwehrend die Hände und lachte: »Keine Sorge, ich verspreche, ich lasse meine Hände und alle anderen Körperteile bei mir! Es ist nur ein Museumsbesuch.«

Sie stimmte gelöst in sein Lachen ein und verabredete sich für Samstag, also zwei Tage darauf, mit ihm, um das Museum und seine Skulptur zu besuchen.

Als sie Tina davon erzählte, musste diese, während sie bei ihrem Lieblingschinesen zu Abend aßen, beinahe ihre Pekingsuppe zurück in die Schale spucken.

»Nur ein Museumsbesuch? Sarah, du bist wirklich unverbesserlich naiv! Das hast du ihm geglaubt, nachdem er dir beim letzten Date fast an die Wäsche wollte?«

Sarah tunkte ihre Frühlingsrolle beleidigt in die süß-scharfe Soße und biss ein großes Stück ab. Sie bereute, ihrer Freundin überhaupt davon erzählt zu haben.

Tinas Einwand hatte Sarah allerdings nachdenklich gemacht. Würde die Sache mit Christian aus dem Ruder laufen? *Das wird nur passieren, wenn ich es zulasse. Und das werde ich auf keinen Fall.* Schließlich hatte sie deutlich gemacht, dass sie keine Annäherungsversuche wünschte.

Wieder dachte sie an Sam, und daran, was sie sich von *ihm* wünschte, während sie etwas später am Abend zu Hause saß und vor sich hin grübelte. Einem Instinkt folgend öffnete sie ihren Laptop und eine neue Nachricht. Ganz automatisch gab sie Sams Adresse ein, ließ den Cursor dann im Nachrichtenfeld blinken. Minutenlang beobachtete sie die dünne Linie, die in jeder Sekunde einmal kurz aufleuchtete.

Lieber Sam,

Wieder beobachtete sie die Cursor-Linie. Einundzwanzig, zweiundzwanzig, dreiundzwanzig.

Wie geht es dir? Ich denke sehr oft an dich und an das Wochenende, an dem ich bei dir war. Ich wünschte mir so sehr, wir könnten das wiederholen.

Sarah las den Satz viermal, bevor sie ihn komplett wieder löschte. Mit zitternden Fingern stand sie auf, holte sich aus der Küche ein Glas Wasser und setzte sich wieder.

Wie geht es dir? Hast du nicht Lust, mich mal zu besuchen?

Wütend über sich selbst löschte sie auch diesen Satz. *Was für ein Quatsch ist das denn! Das klingt ja komplett bescheuert!*
Sie wollte gerade zu einem dritten Versuch ansetzen, als sich mit einem leisen ›PING‹ eine neue Nachricht ankündigte. Absender: Sam Winslow.
Vor Schreck hätte sie beinahe das Wasser über ihren Laptop verschüttet. Im letzten Moment fing sie das Glas ab und stellte es wieder fest auf den Tisch. Mit hämmerndem Herzen öffnete sie die Nachricht.

Hi Sarah,
es freut mich zu hören, dass dein Buchladen nach wie vor gut läuft. Er ist ja auch ein kleines Schmuckstück.
Sag mal, was hast du eigentlich meinem Bruder erzählt? Andauernd fragt er mich, was für eine Art von Freundschaft uns verbindet. Ich bin mir noch nicht ganz

sicher, ob er uns etwas unterstellt, oder ob er selbst Interesse an dir hat. Hat er auf der Party mit dir geflirtet? Mein Vorgarten ist übrigens mittlerweile fertig. Bei Gelegenheit schicke ich dir Fotos.
Mach's gut und genieße den Herbst,
Sam

Sarah saß wie versteinert am Tisch, bevor ihr laut »Oh Scheiße!« entfuhr! Wie peinlich war das denn! Und was sollte sie ihm sagen? Dass sie Harold gegenüber so ehrlich gewesen war, sich eine Intensivierung der Freundschaft zu wünschen? Das konnte sie unmöglich tun! Sie las die E-Mail mehrere Male, interpretierte jedes Mal etwas anderes zwischen die Zeilen. War er wütend oder genervt? Oder las sie im besten Falle sogar Eifersucht aus diesen Worten heraus? Aber dass er ihr Fotos des Vorgartens schicken wollte, klang recht kühl.

Siedend heiß fiel ihr plötzlich auf, dass sie seit jenem Wochenende nicht ein einziges Mal nach den Fortschritten an seinem Haus gefragt hatte. War er beleidigt, weil man daraus durchaus mangelndes Interesse erkennen konnte?

Vielleicht machst du dir auch einfach viel zu viele Gedanken, schoss es ihr durch den Kopf.

Dann schrieb sie endlich eine passende Antwort, auch wenn sie sich des frechen Tons durchaus bewusst war:

Lieber Sam,
ich freue mich sehr, dich zu lesen. Warum Harold nach mir oder unserer Freundschaft fragt, kann ich dir nicht beantworten. Wahrscheinlich hat ihn der Zustand einer ›flüchtigen Freundschaft‹ mit E-Mails und WhatsApp zwischendurch nicht recht zufriedenstellen können. Ich

finde deinen Bruder sympathisch, hatte aber nicht den Eindruck, dass er auf der Party mit mir geflirtet hat. Das hat er seinem kleinen Bruder überlassen. ☺
Auf die Fotos von deinem Vorgarten freue ich mich sehr.
Ja, der Herbst ... ich werde wohl nicht sehr viel davon mitbekommen, denn jetzt steht ja, wie du weißt, erst einmal die Frankfurter Buchmesse an. Wirst du auch dort sein?

Liebe Grüße und bis bald, Sarah

Sie war zufrieden mit sich. Sam hatte nun wirklich jede denkbare Vorlage bekommen. Sie hatte eine freche Anspielung auf die Küsse gemacht und ihm die Gelegenheit gegeben, ein Treffen auf der Buchmesse zu arrangieren, falls er sie sehen wollte.
Vielleicht las er zwischen den Zeilen auch, dass Harold nicht der Einzige war, der gelegentliche Nachrichten nicht mehr zufriedenstellend fand. Sie wünschte sich, er würde diesen Wink mit dem Zaunpfahl sehen, bezweifelte aber irgendwie, dass er darauf einging.
Nichtsdestotrotz ging sie kurz darauf mit einem guten Gefühl im Bauch und halbwegs leichtem Herzen schlafen.

9

Sam las Sarahs E-Mail zweimal und musste herzlich lachen. Sie verstand es wirklich, die Dinge, die sie sagen wollte, geschickt in Worte zu verpacken. Eine Welle der Erleichterung durchflutete ihn. Sie wollte ihn wiedersehen. Natürlich, die Buchmesse bot die optimale Gelegenheit dazu. Schnell nahm er den Zettel zur Hand, auf dem sein Verlag ihm die Terminierung mit

verschiedenen Autoren mitgeteilt hatte. Dann runzelte er die Stirn. Die eineinhalb Tage, die er auf der Messe verbringen würde, waren dicht mit Terminen bestückt. Am ersten Tag würde ihm nicht einmal Zeit zum Essen bleiben, wenn er sich nicht dazu entschied, es mit Harmon Fisher, einem Jungautor, einzunehmen. Es blieb natürlich noch die Möglichkeit, ein Treffen mit Sarah in die Abendstunden zu verlegen, was aus verschiedenen Gründen sicher nicht schlecht wäre. Aber aus Erfahrung wusste er, dass sie beide dann keinen Spaß an der Verabredung hätten, da man nach einem langen Messetag einfach nur unfassbar müde war.
Ich werde dich wiedersehen, Sarah Westhoff. Ich lasse mir etwas einfallen.
Als Sam ihre E-Mail ein drittes Mal las, wurde ihm endlich auch die volle Bedeutung dessen bewusst, was sie über Harold geschrieben hatte. War es ein versteckter Hinweis? Sie hatte ja recht. E-Mails und WhatsApp waren nicht genug. Nicht nach diesem alles verändernden Kuss. Nicht nach dieser Nacht, in der sie einander so nahe gewesen waren, ohne sich auch nur auszuziehen. Bevor das ungewohnte Gefühl der Sehnsucht Besitz von ihm ergreifen konnte, schaltete er den Computer aus und beschloss, im Pub ein Bier zu trinken.

Während ein Pub in England um ein Bier ärmer wurde, leerte Sarah in Deutschland eine ganze Flasche Rotwein, Glas für Glas, und konzentrierte sich auf das Buch, das sie an diesem Tag begonnen hatte. Es hieß ›Der Fluch der Sirene‹ und hatte sie von der ersten Seite an gefesselt. Sarahs Vorsatz war, es in einer Nacht komplett durchzulesen, falls der Rotwein ihr Gehirn nicht vorher zum Erliegen brachte.

Es war Freitagabend, und entgegen ihrer sonstigen Gewohnheit, mit Freunden um die Häuser zu ziehen, hatte sie es vorgezogen, sich mit eben diesem Buch zu Hause zu verkriechen und sich dabei seelisch auf den kommenden Tag im Museum vorzubereiten.
Um halb fünf am frühen Samstagmorgen legte sie das Buch schließlich zur Seite und erwachte aus einer Welt von Sagen, Märchen und dem Widerstreit zwischen Traum und Realität, um den es in dem Buch gegangen war. Bevor sie darüber nachdenken konnte, ob sie sofort duschen und den neuen Tag beginnen wollte, oder doch noch für ein oder zwei Stunden im Bett verschwand, war sie auf der Couch schon tief und fest eingeschlafen.

Um halb elf klingelte es an der Tür. Erst, als der Ton eindringlich, ja beinahe wütend klang, drang er Sarah ins Bewusstsein. Mit einem fiesen Kater im Kopf schlug sie die Augen auf und versuchte, sich zu orientieren. Noch im Halbschlaf wälzte sie sich von der Couch, taumelte zur Wohnungstür und drückte den Knopf für die Gegensprechanlage.
»Ja?«
»Christian hier. Wenn du nicht ins Museum möchtest, brauchst du das nur zu sagen. Es ist nicht nötig, mich dafür zu versetzen.«
Sarah schlug sich die Hand vor den Mund. Christian! Das Museum!
»Nein! Oh Gott ... ich hab verschlafen! Komm hoch, ich beeile mich!«
Nur einen kurzen Moment später klopfte es an der Wohnungstür, und sie öffnete, noch immer vollkommen neben sich stehend. Im selben Moment sah sie die leere Weinflasche auf dem Couchtisch stehen. *Verdammt!*

»Komm rein, mach es dir gemütlich. Ich mache mich schnell fertig!« Noch während sie das sagte, sprintete sie ins Wohnzimmer zurück, nahm die Flasche und das leere Glas an sich und rannte damit an Christian vorbei in die Küche, still betend, dass er nicht darauf achtete, was sie in der Hand hielt.
Er blieb ein wenig verloren in ihrem Korridor stehen, in der Hand einen Strauß gelber Rosen. Sarah war erleichtert, dass sie nicht rot waren.
»Sag mal ... hab ich dich wirklich geweckt?«
Sie nickte und setzte Kaffee auf, während sich Christian ohne Eile zu ihr in die Küche gesellte. Stirnrunzelnd stellte er fest, dass sie Straßenkleidung trug, auch wenn diese arg zerknittert aussah.
»Schläfst du immer in normaler Kleidung?«
»Wie bitte?« Sarah sah an sich herunter. »Ach so. Nein.« Jetzt endlich sah sie ihm in die Augen und begann zu lächeln. »Guten Morgen erst mal. Entschuldige bitte vielmals meinen Auftritt. Ich habe gestern Abend ein neues Buch angefangen, und es war so gut, dass ich die ganze Nacht durchgelesen habe und danach wohl eingeschlafen bin, obwohl ich eigentlich direkt duschen und den Tag beginnen wollte.«
Endlich lächelte er. »Und um wie viel Uhr wolltest du das?«
»Ehm .... um fünf oder so.« Sie erntete schallendes Gelächter und konnte es ihrem Gast nicht einmal übel nehmen.
»Ich mache mich schnell frisch, okay? Magst du dann einen Kaffee mit trinken, bevor wir gehen?«
Christian stimmte zu und wedelte mit den Rosen. »Soll ich die so lange in eine Vase stellen?«
Sarah deutete zur Wohnzimmertür, während sie sich

bereits auf den Weg ins Bad machte. »Im Schrank. Nimm die gelbe Vase, die passt gut zu den Blüten.«
Dann verschwand sie hinter der geschlossenen Badezimmertür.

Als sie nackt auf dem Badvorleger stand und sich mit eiskaltem Wasser das Gesicht wusch, wurde sie sich der Tatsache bewusst, dass nur wenige Meter von ihr entfernt ein Mann stand, der sie wahrscheinlich sehr gerne in diesem Zustand gesehen hätte. Plötzlich kamen ihr Zweifel an seiner Vertrauenswürdigkeit. Würde Christian sie im Bad überraschen? Würde er die Situation ausnutzen? Vorsichtshalber nahm sie ihren Bademantel vom Haken an der Tür und zog ihn fest um sich.
Wenige Minuten später öffnete sie, fertig gewaschen und geschminkt, die Tür, um sich im Schlafzimmer anzuziehen. Aber sie wurde von ihrem Gast gebremst, der die Blumen versorgt hatte und nun mit der gefüllten Vase im Flur stand.
»Ich wollte die ins Wohnzimmer ...« Der Rest des Satzes blieb ihm im Halse stecken. Er betrachtete die junge Frau von oben bis unten. Ihr Hals und der Ausschnitt waren nackt, ebenso wie ihre Füße. Als er ihr in die Augen sah und ihren flackernden Blick bemerkte, wusste er, dass sie unter dem Bademantel nichts trug. Sein Atem ging schneller, die Vase in seiner Hand begann fast unmerklich zu wackeln. Sarah stand einfach nur da. Sie wäre gerne weitergegangen, aber er war ihr schlicht im Weg und würde zur Seite treten müssen, damit sie in ihr Schlafzimmer gehen konnte.
»Ehm ...« Mit einer Geste gab sie ihm zu verstehen, dass er ins Wohnzimmer gehen sollte, aber er war zu sehr damit beschäftigt, sich nicht von seinen Gefühlen übermannen

zu lassen. Sein Blick war auf ihr Dekolleté geheftet. Erst als seine freie Hand sich langsam in Richtung ihrer Hüfte bewegte und er ihren panischen Blick bemerkte, riss er sich zusammen und trat zur Seite.
Sarah verschwand aufatmend im Schlafzimmer und schloss die Tür hinter sich ab.

Als sie wenig später gemeinsam am Esstisch saßen, jeder mit einer Tasse dampfenden Kaffees bewaffnet, entspannte sich die Stimmung deutlich.
»So, und nun erzähl mir mal, um was für eine Skulptur es sich eigentlich handelt.«
Christian grinste sie verschmitzt an. »Keine Chance. Der Überraschungseffekt spielt hierbei eine entscheidende Rolle.«
Sie lachte und schlug ihm vor, direkt aufzubrechen, da sie ihre Neugierde nicht länger unbefriedigt lassen konnte. Er stimmte diesem Vorschlag nur zu gerne zu, da auch er es kaum erwarten konnte, ihr Gesicht zu sehen.

Als sie das Museum erreichten, war es bereits einigermaßen voll. Es liefen mehrere Ausstellungen gleichzeitig, aber Christian lenkte sie zielstrebig in die Räume, in denen antike Kunstwerke aus Südamerika ausgestellt waren. Vor zwei lebensgroßen Holzfiguren blieb er stehen, beobachtete gespannt Sarahs Reaktion. Sie versuchte, sich ihre Überraschung nicht anmerken zu lassen.
»Und ... eh ... welche von denen ist deine?«
»Beide. Sie gehören zusammen.«
»Ah ja.«
Mehr sagte sie nicht. Was gab es zu zwei riesigen Fruchtbarkeitsgottheiten, die der Künstler in Holz

verewigt hatte, auch schon zu sagen. Direkt vor Sarah stand eine Frau mit glatt poliertem Gesicht, deren Hauptmerkmale zwei gigantische Brüste waren. Die Figur wurde nur durch ebenso großzügig bemessene Gesäßbacken im Gleichgewicht gehalten.

Der danebenstehende Gott hatte einen derart großen Phallus, dass jeder Frau bei seinem Anblick die Haare zu Berge stehen mussten. Mit einem heimlichen Schmunzeln stellte Sarah fest, dass die Skulptur mit den Füßen am Boden angeschraubt war. Vor ihrem inneren Auge sah sie, wie sich die Schrauben lösten und der Mann nach vorn kippte, direkt auf das riesige, abstehende Gerät. Als sich ein kindisches Zucken um ihre Mundwinkel herum ausbreitete, sah Christian sie fragend an. »Was ist?«

Sie schüttelte den Kopf, doch er ließ es nicht dabei bewenden, sah sie etwas beleidigt an, fühlte sich als Kunstmäzen missverstanden. Seine Begleiterin beeilte sich, diesen Eindruck auszubügeln, indem sie erwiderte: »Nichts, ich ... entschuldige. Mir ist natürlich bewusst, dass dies sehr außergewöhnliche und ... respektable Skulpturen sind.«

Christian nickte. Im selben Moment griff er nach Sarahs Hand.

»Hast du schon mal so eine Figur berührt?«

Irritiert schüttelte sie den Kopf. Was hatte er vor? Auch wenn das Kunstwerk ihm gehörte – im Museum durfte man es nun mal nicht berühren. Wollte er ihre Hand darauf legen? Aber er führte ihre Hand nicht auf die Figur zu. Stattdessen begann er, seinen Daumen sanft in ihrem Handteller kreisen zu lassen. Sarah stockte der Atem. Die Berührung, so harmlos sie eigentlich war, hatte etwas unglaublich Erotisches an sich.

Er kam noch ein bisschen näher, sodass er leise sprechen

konnte, ohne dass andere Musemsbesucher mithörten.
»Weißt du, das Holz der Figuren ist vollkommen glatt poliert. Es sieht zwar noch wie Holz aus, fühlt sich aber nicht mehr so an. Wenn man mit der Hand darüber streicht, kann man kaum noch sagen, aus welchem Material es ist. Ebenso gut könnte es blank polierter Stein sein. Es ist nur nicht so kühl wie Stein. Und es hat ein eigenes Wesen. Holz arbeitet, bewegt sich stetig. In dieser Figur ist Leben, Sarah. Ein lebendes, sich in sich selbst veränderndes Fruchtbarkeitssymbol. Wenn es bei mir zu Hause steht, fahre ich manchmal mit den Händen darüber. Es ist ein fließendes Gefühl, über die Brüste zu streichen, oder über ihr ausladendes Gesäß. Es fühlt sich beinahe an, als würde man eine echte Frau streicheln.«

Sarah spürte, wie ihr der kalte Schweiß ausbrach, während Christian leise auf sie einredete und sein Daumen immer eindringlicher ihren Handteller massierte. Als er kurz innehielt, sah sie ihn mit verhangenem Blick an. Und erschrak darüber, mit welch dunklen Augen er ihn erwiderte.

Plötzlich kam er ihr sehr nahe und flüsterte: »Spürst du es? Spürst du die Wirkung der Gottheiten?«

Sein Mund streifte ihr Ohr, und eine Gänsehaut breitete sich in Sekunden über ihre ganze linke Körperhälfte aus. Ihre Brustwarze richtete sich auf, zeichnete sich kaum merklich unter ihrer Bluse ab. Mit einem leisen Keuchen wich sie zurück. Es war unglaublich. Viel fehlte nicht, und sie würde diesem Mann geben, was er wollte. Ihr war nicht klar, ob es seine Hand oder seine Stimme war, oder ob diese seltsamen Skulpturen tatsächlich eine geheime Wirkung hatten. Aber sie fühlte sich wie in Trance, hatte das eigenartige Bedürfnis, sich fallen zu lassen und ihm die Kontrolle zu überlassen.

»Würdest du *ihn* nicht auch gerne berühren?«
Christian deutete auf den Mann aus Holz neben der überproportionierten Frau, ließ seinen Blick über den Phallus schweifen. Sein Finger fuhr über die Innenseite ihres Zeigefingers, glitt in den Zwischenraum zum Mittelfinger. In dieser Sekunde wurde Sarah klar, was Christian versuchte. Wie er sie zu manipulieren suchte. Endlich riss sie sich los und verließ fluchtartig das Museum.

10

Es war Oktober geworden, und sogar ein besonders schöner in diesem Jahr. Die Sonne brachte das Laub tagsüber zum Leuchten und lud zu langen Spaziergängen in den Wäldern ein, während man abends gemütlich bei einem warmen Kakao oder Tee auf der Couch sitzen und stundenlang lesen konnte.
Sarah genoss den Herbst immer sehr, obwohl der Oktober an sich eher stressig war: Die Frankfurter Buchmesse stand an und ging mit vielen Vorbereitungen und Tausenden Terminen einher. Bereits vor einem Dreivierteljahr hatte sie das Hotelzimmer reserviert und sich mit Verlagen verabredet. Sie machte diesen Job bereits seit einigen Jahren, trotzdem wurde die Messe nie zur Routine. Sie war groß, laut und überfüllt, und in der Luft lag jedes Mal eine nicht greifbare Elektrizität, die von Autoren und ihren Verlagen gleichermaßen ausging. Es war die erwartungsvolle Spannung, welches Buch sich als ein Erfolg herausstellen würde und welches nicht, und welche neuen Projekte sich in der Zusammenarbeit all dieser Menschen ergeben würden.

Sarah war ziemlich enttäuscht, dass sich Sam nicht mehr gemeldet hatte, um ein Treffen auf der Messe zu vereinbaren. Vielleicht hatte er einfach zu viel um die Ohren, schließlich betreute er selbst einige Autoren. Sie versuchte wenigstens, sich mit diesem Gedanken zu trösten. Wenn sie ganz ehrlich zu sich selbst war, hatte sie insgeheim gehofft, er hätte wenigstens Zeit für eine kurze WhatsApp gehabt. Sie selbst war einfach zu stolz, um noch einmal nachzuhaken. Er ging auf Abstand und hatte wahrscheinlich seine Gründe dafür.
Und sei es nur dieser eine Grund, dass er das Wochenende mit ihr in seinem Haus bereute.

Als sich Sarah schließlich für zwei Stunden häuslich im ICE nach Frankfurt einrichtete und ihren Laptop hochfuhr, gestand sie sich endlich ein, dass die Messe ohne Sam etwas weniger aufregend sein würde. Die Messestände würden weniger spannend, die Neuerscheinungen nicht ganz so reizvoll sein wie früher. Was eigentlich wirklich dumm war, da sie auch die letzten Messen ohne ihn erlebt hatte!
Reiß dich zusammen, zieh es als Job durch und genieße es, verdammt noch mal.
Sich selbst stumm zu beschimpfen half ein wenig. Resigniert machte sie sich an ihre Arbeit.

Es war bereits früher Mittag, als sie den Frankfurter Hauptbahnhof erreichte. Zum Messegelände zu kommen war denkbar einfach: Sie brauchte lediglich der Menschenmasse zu folgen, die sich geschäftig durch den Bahnhof zum nächsten Gleis schob, und dort in eine der S-Bahnen steigen, die unmittelbar vor dem Eingang des Messegeländes hielten. Mit ihrem Messeausweis hatte sie

die Kontrollen schnell hinter sich gelassen und erreichte ohne Verzögerungen die Ebene 6.1, wo sie mit einer Freundin verabredet war, die Lektorin in einem kleinen amerikanischen Verlagshaus war.
Es tat gut, Amber wiederzusehen, die sich vier Jahre lang aufgrund der Geburt ihrer zwei Kinder von der Messe fern gehalten hatte. Die beiden Frauen hatten nur eine halbe Stunde Zeit füreinander und nutzten diese für einen intensiven Austausch über Privates und Geschäftliches, so gut das bei dem Geräuschpegel und Andrang um sie herum möglich war. Stetiges Stimmgemurmel ließ Sarah zweimal nachfragen, als Amber ihr die Namen ihrer Kinder nannte, und die mitgebrachten Familienfotos fielen ihr beinahe aus der Hand, als eine Gruppe asiatischer Lesewütiger sich wie ein unaufhaltsam heranrollender Bandwurm an ihnen vorbei schob und sie fast mitriss. Viel zu schnell verflog die Zeit und Amber musste sich mit dem nächsten Termin befassen, der sich pünktlich auf die Minute aus der Masse von Menschen herausschälte und vor dem Verlagsstand stehen blieb wie ausgespuckt.
Sarah atmete erleichtert auf, als sie sich zurückziehen und die Toilette aufsuchen konnte. Nachdem sie beinahe zwanzig Minuten in der Schlange zur Damentoilette gestanden hatte, bot der halbe Quadratmeter der Toilettenzelle das Minimum an Privatsphäre, um kurz die Augen schließen und durchatmen zu können.

Am frühen Nachmittag durchquerte Sarah die Halle, in der die Kinderbuchverlage um die Gunst der Leser buhlten, um einen bestimmten Verlag anzusteuern, als sie *ihn* plötzlich sah.
Sie war so überrascht, dass sie inmitten der sich vorwärts schiebenden Menschen stehenblieb, als hätte sie der

Schlag getroffen, und wie hypnotisiert zu dem Orientierungspunkt an der Tür der Messehalle hinüber starrte. Dort war ein Lageplan angeschlagen, außerdem konnte man sich verschiedene Magazine und Karten aus einem Ständer mitnehmen. Und genau vor diesem Lageplan stand Sam mit einem Fremden, hörte ihm aufmerksam zu. Wenn Sarah hätte raten müssen, hätte sie darauf getippt, dass es sich um einen der Autoren handelte, die Sam betreute. Aber sie riet nicht. Sie starrte ihn einfach nur an, in der Hoffnung, er würde sich umdrehen, auf ihren hypnotischen Blick reagieren, sie sehen, inmitten von Hunderten Menschen. Auf sie zukommen, sie begrüßen.
Er sah umwerfend aus, strahlte konzentrierte Ruhe aus. Sie stellte sich vor, wie seine Mimik sich bei ihrem Anblick aufhellen würde, wie er seinen Gesprächspartner einfach stehenließ und auf sie zukam, um sie innig in die Arme zu schließen. Dann verpuffte die kleine Fantasie wieder, wirbelte eine Lautsprecherdurchsage ihr kleines Luftschloss durcheinander, bis nur noch die Realität übrig blieb – dass Sam sie schlicht nicht bemerkte.
Nach gefühlten Stunden entschloss sie sich endlich, von selbst auf ihn zuzugehen. Aber sowie sie den ersten Schritt in seine Richtung machte, gingen die beiden Männer unvermittelt weiter! Sarah blieb wie gelähmt stehen.
Sam! SAM! Bitte, bleib hier ...
Er konnte doch nicht einfach weitergehen. Er musste sie doch bemerken! Warum hatte er sie nicht gesehen? Sekunden später schalt sie sich selbst ein albernes Huhn. Warum in Gottes Namen sollte er auf sie achten? Sicher war ihm klar, dass sie auf der Messe sein würde. Doch wo und wann ... warum sollte er sich mit diesen Fragen beschäftigen? Davon abgesehen war er darauf konzentriert, seine Autoren zu betreuen, wie sie soeben

selbst gesehen hatte. Nachdem sie ihren Anfall von pubertärem Verhalten hinter sich gebracht hatte, machte sie sich auf den Weg zu einem Imbissstand außerhalb der Halle. Während sie herzhaft in ein Riesen - Hot Dog mit viel Senf und Röstzwiebeln biss, tröstete sich Sarah damit, dass Sam sich immerhin auf demselben Gelände wie sie befand.
Im Laufe des Tages konnte es immer noch passieren, dass sie sich plötzlich gegenüberstanden. Mit neuem Auftrieb bei diesem Gedanken gelang es ihr schließlich, sich wieder voll motiviert in den Messetag zu stürzen.

Sie hatte Sam nicht wiedergesehen. Nicht am selben Tag, und auch nicht am nächsten. Doch allein die Hoffnung, es könne geschehen, hatte sie den Messebesuch leichter überstehen lassen. Bei allem, was sie tat, bei jedem Messestand, den sie besuchte, hatte sie unauffällig nach ihm Ausschau gehalten. Und war schließlich mit dem Gefühl nach Hause gefahren, ihm wenigstens für einen kurzen Moment nahe gewesen zu sein.
Als sie wieder allein in ihrer Wohnung saß und die Ergebnisse ihrer Messetermine auswertete, Bestellungen sortierte und sich überlegte, welche Neuerscheinungen sie in ihrem Laden präsentieren wollte, begannen ihre Gedanken, sich zu verselbstständigen und nahmen ihr Herz mit auf die Reise.
Sam.
Unaufhörlich und immer drängender schwirrte der Name in ihr herum, verdarb ihr den Appetit auf jegliches Essen und ließ sie aus dem Fenster starren, anstatt zu überlegen, welcher Autor der Richtige wäre, um die erste Lesung in ihrem kleinen Buchladen zu gestalten.
Ihre Gedanken wanderten zurück zu jenem Moment auf

der Messe, in dem sie ihn gesehen und jedes kleine Detail in sich aufgenommen hatte. Die glänzenden Haare, offenbar frisch geschnitten. Den konzentrierten Ausdruck seiner Augen, das angedeutete Lächeln um seinen Mund. Die vertrauten Gesten, die er während den Sekunden des Gesprächs gemacht hatte, deren Zeuge Sarah gewesen war. Wieder wünschte sie sich, er hätte sich zu ihr umgedreht, hätte sie überrascht lächelnd angesehen. Wäre auf sie zugekommen, um sie zur Begrüßung sanft zu umarmen ... *Mach dich nicht lächerlich.*
Sarah ärgerte sich über ihre eigenen Tagträume und zwang sich, ihre Konzentration zurück auf die Arbeit zu lenken.

Sie konzentrierte sich auch eine Woche später, während sie mit Tina eine Sonderangebotsaktion ausarbeitete. Und Anfang November, als sie die Herbst-Dekoration abnahm. Sie konzentrierte sich ebenfalls, als sie gegen Ende desselben Monats, während Tina eine Woche wohlverdienten Urlaubs genoss, die Atmosphäre in ihrem Laden mit weihnachtlichen Utensilien aufpeppte, bis man sich in einem verträumten Winterwunderland glaubte, sobald man durch die Tür schritt. Dazu passend hatte sie den zentralen Verkaufstisch mit Weihnachtsgeschichten, Karten und Figuren bestückt, die schnell reißenden Absatz fanden.
Aber all das konnte nicht darüber hinwegtäuschen, wie es wirklich in ihr aussah: Sarah litt erbärmlich. Sie hatte sich bereits eine Woche nach der Messe dazu durchgerungen, Sam zu schreiben und ihn zu fragen, wie es für ihn gelaufen war. Dass sie ihn kurz gesehen, er aber zu weit entfernt gewesen war, um zu grüßen.
Seitdem hoffte sie auf eine Antwort, doch ihr Postfach verhöhnte sie seit Wochen mit eisernem Schweigen. Als

sie gerade wieder vergeblich auf ihr Handy starrte, in der Hoffnung, eine Nachricht von ihm bekommen zu haben, öffnete sich die Ladentür. In Erwartung des nächsten Kunden sah Sarah mit einem freundlichen Lächeln auf ... und musste sich zusammenreißen, damit ihre Gesichtszüge nicht entglitten. In der geöffneten Ladentür stand Christian, einen hilflosen Blick im Gesicht. Da er nicht der einzige Kunde im Buchladen war, kam er direkt zu ihr an den Verkaufstresen und reichte ihr die Hand, beinahe ein wenig verkrampft, wie Sarah fand.
»Hallo Sarah. Schön, dich zu sehen.«
Sie lächelte und erwiderte seinen Händedruck. In ihr blitzte die Erinnerung an einen gigantischen Phallus auf, und an seinen Daumen, der ihren Handteller massierte. Verlegene Stille breitete sich zwischen ihnen aus, die eine rettende Kundin schließlich durchbrach, indem sie einen Stapel Bücher auf den Tresen legte, um zu bezahlen. Sarah ließ sich Zeit beim Einscannen der Bücher und beim Kassieren, unterhielt sich noch einen Moment mit der älteren Dame, um Zeit zu gewinnen. Dann ging die Frau, nahm ihre Tasche voller Welten mit, in die sie zu Hause eintauchen wollte, und ließ Sarah erneut mit Christian allein.
»Du bist im Museum einfach gegangen.«
Es klang vorwurfsvoll. Machte er Witze? Er hatte sie übelst angegraben und war nun auch noch böse, dass sie der Situation entflohen war?
»Ja.«
Wieder trat Stille ein.
»Die Skulpturen waren wohl nicht ganz nach deinem Geschmack.« Sein Blick forschte in ihrem Gesicht, bis sie rot wurde.
»Ich bin offenbar nicht so ... eine Kennerin, was Kunst

angeht.«

Christian lächelte abfällig. »Den Eindruck hatte ich bei früheren Unterhaltungen eigentlich nicht.«

Was wollte er von ihr? Erwartete er tatsächlich, dass sie sich für ihren überstürzten Aufbruch entschuldigte, mit dem sie sich vor seinen Annäherungsversuchen in Sicherheit gebracht hatte? So langsam musste er doch merken, dass sie keine Absicht hatte, ihre Bekanntschaft derart zu vertiefen!

»Kann ich irgendwas für dich tun? Wir haben von der Messe neue Bücher mitgebracht, falls du Interesse ...«

Er unterbrach sie ungeduldig: »Geh mit mir essen.«

Heiliger Herr. Gibt er tatsächlich nie auf?

Genervt begann Sarah, Kassenbelege zu ordnen. Sie sah ihn nicht an, als sie antwortete: »Ich halte das für keine gute Idee. Lassen wir es einfach, okay?«

Aber er ließ sich nicht abwimmeln. »Sarah. Sieh mir in die Augen.«

Ach du Schande.

Widerwillig und mit rasendem Herzen tat sie ihm den Gefallen, setzte sich seinem stechenden Blick aus. Plötzlich wurde ihr klar, dass der Mann es nicht gewohnt war, abgewiesen zu werden. Er war sehr attraktiv und noch dazu in einem angesehenen Berufsstand tätig gewesen. Wahrscheinlich lagen ihm die Frauen reihenweise zu Füßen. Nur Sarah nicht. An ihr biss er sich die Zähne aus, obwohl sie offenbar die eine Frau war, die er unbedingt erobern wollte. Sarah dämmerte, dass er nicht vorhatte, so schnell aufzugeben.

»Ich möchte, dass du mit mir essen gehst. Der Museumsbesuch hat dir nicht gefallen, in Ordnung. Lass uns bei einem Abendessen darüber sprechen, was dir mehr Freude macht.«

War er sich der Doppeldeutigkeit seiner Aussage bewusst? Sarah zögerte. Sie konnte die Alarmglocken in ihrem Kopf nicht länger ignorieren. Er war zu forsch. Was sie anfangs an ihm so geschätzt hatte, war seine sanfte Art gewesen, sein ruhiges Wesen. Aber bei ihren Verabredungen hatte er sehr schnell allzu deutlich gemacht, was er wollte. Was hatte sie auch erwartet. Er war verheiratet. Eine Frau für die sanften Stunden hatte er bereits. Sarah hatte er für die Dinge vorgesehen, die er in seiner Ehe nicht bekam. Er sorgte dafür, dass sie sich billig fühlte. Und sie wollte keine billige Nummer sein, keine Ersatzfrau. Sie wollte ... Sam.
Plötzlich war ihre Antwort klar: »Es tut mir leid, aber ich werde *nicht* mit dir essen gehen. Ich möchte dich bitten, mich nicht noch einmal zu fragen. Du kannst gerne weiterhin meinen Buchladen leer kaufen, und über Gespräche freue ich mich auch. Aber mehr möchte ich nicht. Akzeptier das bitte.«
Es war ein Schock, das war ihm deutlich anzusehen. Mit deutlicher Mühe hielt er seine Gesichtszüge beieinander, räusperte sich. Schob ein Buch auf dem Tresen vor sich ein Stück zur Seite, um es kurz darauf wieder an seinen ursprünglichen Platz zu legen. Dann sah er sie an, und sie erkannte bedauernd, dass es tatsächlich ein gebrochenes Herz war, mit dem er nun kämpfte.
Aber wenn er sich in sie verliebt hatte, warum war er so forsch gewesen? *Weil andere Frauen das mitgemacht hätten. Er hat nicht mit mir gerechnet.*
»Christian, es tut mir ...«
»Nein, nein. Ist schon in Ordnung. Es ist ja dein gutes Recht. Alles okay.«
Er kratzte sich kurz verlegen an der Schläfe, dann trat er den Rückzug an, unsicher plötzlich, als befände er sich in

einer Filmszene, deren Ausgang er nicht kannte, und wäre selbst die unbeholfene Hauptfigur. Ein Tänzer auf unbekanntem Terrain.

Sarah konnte nicht ahnen, wie tief sie ihn verletzt hatte. Seit er sie kannte, in ihren Buchladen kam und Gespräche knüpfte, während er fast beiläufig gute Bücher kaufte, hatte sie ihn verwirrt, gereizt, sich in seinen Gedanken herumgetrieben. Und schließlich in seinem Herzen. Je länger er über all die kleinen gemeinsamen Momente nachdachte, desto klarer wurde ihm, dass er es komplett falsch angegangen war. Sie wollte nicht erobert werden. Viele der Frauen, die Christian kannte, hätten sich verführen und besitzen lassen, ohne viel Aufhebens zu machen.

Sarah war anders. Zwar war sie sehr selbstbewusst, aber sie brauchte keinen Eroberer an ihrer Seite. Der Mann, der sie bekam, war dazu bestimmt, die sanfte Seite in ihr zu berühren. Und das hatte er nicht getan. Es war ihm nicht gelungen, weil die dafür nötige innere Verbindung fehlte. Zumindest von ihrer Seite aus, wie er etwas später dachte. Sie hatte ihm nie das Gefühl gegeben, ganz bei ihm zu sein. Ein Teil von ihr, ein Teil ihrer Konzentration war immer auf etwas anderes fixiert, auf etwas nicht Greifbares, das Christian nicht kannte und nicht zu ersetzen vermochte.

Als er etwas später am Abend bei einem Glas Scotch auf seinem Sofa saß, in den leeren Kamin starrte und sich danach sehnte, Sarah zu berühren, fiel ihm etwas Wesentliches wie Schuppen von den Augen: Es war nie darum gegangen, was *sie* wollte.

Er kippte den Scotch in einem Zug hinunter und ging zu Bett. Diese Erkenntnis bedeutete, dass er etwas ändern konnte. Vor allem aber bedeutete sie, dass es noch nicht an der Zeit war, aufzugeben.

11

Sarah saß in einer verschlissenen Jogginghose, ihrem Lieblingspulli und dicken Wollsocken auf der Couch und starrte Löcher in den Tee in ihrer Tasse. Tina saß ihr gegenüber am anderen Ende der Couch und biss herzhaft in ein Stück Schokoladenkuchen. Sie hatte den Kuchen mitgebracht, als ihre Freundin sie angerufen und verkündet hatte, dass sie jemanden zum Reden brauchte. *Endlich*, hatte Tina gedacht, denn das bedeutete, dass Sarah bereit war, sich aus ihrer Kummernische zu befreien und zu erzählen, was sie in der letzten Zeit so bedrückt hatte.
Nun saß sie bereits seit fast einer Stunde auf dem Sofa und wusste zwei Stücke Schokoladenkuchen und eine Tasse Tee später, dass es ein Fehler von ihr gewesen war, sie dazu zu drängen, sich auf Christian einzulassen. Sarah hatte ihr von der Einladung nach Griechenland erzählt, von dem Kinobesuch und auch von der Szene im Museum. Die Sache mit dem Kino hatte Tina eher lustig gefunden. Dass er aber mit ihr in ein Museum ging, um ihr zum einen zielstrebig Fruchtbarkeitsgottheiten zu zeigen und sie zum anderen so offen anzumachen ... das ging sogar für Tinas Begriffe ein wenig zu weit, vor allem, weil Sarah ihm zuvor deutlich gemacht hatte, wo ihre Grenzen lagen.
»Glaubst du, er kommt noch mal im Laden vorbei?«
Sarah schüttelte den Kopf. »Nein, dafür war meine Abfuhr zu deutlich. Ich hoffe nur, dass wir uns normal grüßen können, wenn wir uns auf der Straße begegnen. Alles

andere wäre peinlich.«
»Ja, für ihn. Nicht für dich.« Tina kramte unvermittelt in ihrer Handtasche, zog plötzlich eine Flasche Sekt heraus. »Die hier brauchen wir jetzt! Und dann überlegen wir gemeinsam, wie wir dich wieder glücklich kriegen!«
Sarah lächelte schwach und holte zwei Gläser aus dem Schrank. »Willst du wirklich ungekühlten Sekt trinken?«
Tina lachte und reichte ihr die Flasche. Sie war eiskalt.
»Eine halbe Stunde im Eisfach, dann draußen durch die Kälte. Dachtest du, ich bringe warmen Sekt mit? Igitt.«
Sie lachte, nahm Sarah die Flasche wieder aus der Hand, öffnete sie selbst und ließ den Korken mit einem vergnügten Aufschrei durch das Zimmer knallen. Dann goss sie die blassgoldene, schäumende Flüssigkeit in die Gläser, nahm sich eines und prostete ihrer Freundin zu.
»So, und jetzt sag mal ... trauerst du immer noch diesem Sam hinterher?«
Zu ihrer größten Überraschung begann Sarah plötzlich, haltlos zu schluchzen. Tina stellte geschockt ihr Glas ab, rutschte zu ihr herüber und nahm sie in die Arme.
»Hey, Süße! Was ist denn bloß los?« Sarah schniefte und erzählte von der kurzen Begegnung auf der Messe, und dass sie sich so sehr gewünscht hatte, er möge sie sehen.
Tina runzelte die Stirn. »Also war es eigentlich eher eine Sichtung, und keine Begegnung.«
»Er ist so ...« Sarah nahm das angebotene Taschentuch, wischte sich die Tränen ab und schnäuzte sich einmal kräftig.
»Er hat dir den Kopf verdreht, aber komplett! Jetzt verrate mir mal eins: Wenn du dich so danach gesehnt hast, ihn auf der Messe zu sehen, und er dann plötzlich tatsächlich vor dir stand – warum in Gottes Namen hast du ihn nicht angesprochen?«

»Weil ...« Sarah versuchte, einen klaren Gedanken zu fassen, nippte an ihrem Sekt.
»Er war mit dem anderen Mann in ein Gespräch vertieft, hörte ihm sehr aufmerksam zu. Ich glaube, ich ... ich wollte nicht stören. Und als ich dann doch hingehen wollte, sind sie weg gegangen, bevor ich mich bemerkbar machen konnte.«
Das klang sogar einleuchtend, aber es klang nicht nach ihrer Sarah. Normalerweise, wenn sie abends gemeinsam ausgingen, fiel es ihr weder schwer, Kontakte zu knüpfen, noch beunruhigte sie es in irgendeiner Art und Weise, andere Menschen in ihren Unterhaltungen zu stören oder sie davon abzubringen, ein Vorhaben umzusetzen, wenn sie wollte, dass die Betreffenden sie irgendwohin begleiteten. Sarah konnte, vor allem, wenn sie ein bisschen Alkohol getrunken hatte, recht forsch sein.
»Seit wann bist du so schüchtern? Bist du etwa ... oh mein Gott.«
Sarah sah sie erschrocken an. »Was ist?«
»Du bist nicht nur verknallt. Du liebst Sam. So richtig von ganzem Herzen.«
Dass Sarah die Hände vor das Gesicht schlug und bitterlich zu weinen begann, war Antwort genug.

Am nächsten Morgen, es war der Samstag vor dem zweiten Advent, gab es kein Halten mehr, und alle Tränen waren versiegt. Am Grunde der Sektflasche angekommen, hatten die beiden Frauen einen Plan geschmiedet. Besser gesagt hatte Sarah einen Entschluss gefasst, und Tina hatte nicht versucht, sie davon abzubringen. Gemeinsam hatten sie sich an den Laptop gesetzt und online einen Flug für den nächsten Tag gebucht. Danach waren sie zu Bett gegangen, und Tina war nach einem ordentlichen

Frühstück vor gerade erst einer Stunde gegangen, damit Sarah in Ruhe packen konnte.

Sie nahm einen Koffer mit, der Kleidung für zwei Wochen enthielt. Danach würde sie weitersehen. Alles hing davon ab, wie sich die Dinge entwickelten.

Um halb zwölf setzte das Taxi sie vor dem Flughafen ab, und eine Viertelstunde später ging sie bereits in der Wartehalle auf und ab, zu ungeduldig und aufgedreht, um sich zu setzen. Der Plan war einfach: Sie flog nach England, überraschte Sam und gestand ihm endlich, dass eine harmlose Freundschaft *ihr* nicht genug war. Nicht nach dem alles verändernden Wochenende. Sie ging damit ein Risiko ein, setzte alles auf eine Karte. Sarah war sich nun sicher, dass auch ihm eine Freundschaft eigentlich zu wenig war. Dass er sie bei sich hatte schlafen lassen und sie so innig geküsst hatte, war Beweis genug. Ihre Sehnsucht hatte sie letzten Endes alle Zweifel beiseite schieben lassen.

Ihr Blick schweifte über die anderen Wartenden, vor denen sie immer wieder hin- und herlief. In der Luft hing der abgestandene Geruch von Zigarettenqualm, obwohl das Rauchen in dem Bereich des Terminals verboten war. Ein älterer Herr warf ihr einen so genervten Blick zu, dass sie sich nun doch endlich setzte. Tief in Gedanken versunken starrte sie durch die riesigen Panoramafenster hinaus aufs Rollfeld.

Schneetreiben hatte eingesetzt. Dicke Flocken klammerten sich an die Glasscheiben der Halle, als wollten sie zu den Wartenden hineinsehen, und lösten sich schließlich, dem immer gleichen Schicksal folgend, zu wässrigen Spuren auf, bevor sie als Tropfen traurig am Glas herunterflossen, um neuen Flocken Platz zu machen. Würde Sarah ein ähnliches Schicksal erleiden? Klammerte

sie sich an eine Hoffnung, um dann aufgelöst und von Tränen fortgespült zu werden? Oder hatte sie eine Chance, sich ihren Platz zu erkämpfen und zu bleiben?
Als der Aufruf für ihren Flug kam, verfluchte sie ihre eigene Aufregung und die Tatsache, dass nun keine Zeit mehr blieb, um sich auf der Toilette zu erleichtern.

In England schneite es nicht. Als sie das Flughafengebäude in Cambridge verließ, hatte es stattdessen geregnet. Ein fieser kalter Nieselregen, der sich in der Kleidung festsetzte und alles klamm und kalt werden ließ. Als das Taxi sie vor Sams Haus absetzte, war es einfach nur kalt. Der Duft der englischen Sommerlandschaft war verschwunden.
Vorweihnachtliche Kälte biss in ihre Nasenschleimhaut. Lediglich ein Hauch von Kaminrauch lag in der Winterluft. Sarah bemerkte die schön geschmückten Häuser ringsherum kaum, an deren Türen festliche Tannenkränze hingen, und deren Dachfirste mit stimmungsvollen Lichterketten verziert waren. Als sie das kleine Holztörchen durchquerte und ihren Koffer den Weg entlang hinter sich her zum Haus zog, den im Winterschlaf liegenden Vorgarten betrachtete, begann es erneut zu regnen. Dicke Tropfen dieses Mal. Erst vereinzelt, dann stärker werdend.
Obwohl sie warm genug angezogen war, zitterte Sarah am ganzen Leib. Sie hatte es tatsächlich gewagt! Sie war endlich dem Ruf ihres Herzens gefolgt, ging das Risiko ein, von Sam abgewiesen zu werden, um der Chance willen, dass er sich freute, sie zu sehen. Den ganzen Flug über hatte sie sich ausgemalt, wie die Begegnung ausfallen könnte. Ihr Kopfkino hatte vollkommen verrückt gespielt. Das Herz hatte bereitwillig mitgemacht, bis Tränen in ihre

Augen traten und sie der älteren Dame, die neben ihr gesessen hatte, vorgelogen hatte, ein Verwandter wäre gestorben, um keinen Argwohn zu erregen.
Sie hatte gedanklich mehrere Szenen durchgespielt. Dass sie in seine Arme fiel, sie einander wild küssten und ungehemmt übereinander herfielen. Dass sie lächelnd vor ihm stand, sie sich zunächst stundenlang unterhielten, um sich dann, wie damals, einander sanft zu nähern.

Jetzt, endlich, nach Monaten des Wartens und Zweifelns, stand sie vor seiner Tür. Vor dieser Tür, die sie beim letzten Mal so unsicher und doch so glücklich durchschritten hatte. Um dahinter ein Zuhause zu finden, um *ihn* zu finden.
Mit wild hämmerndem Herzen drückte sie den Klingelknopf, zitterte dabei so stark, dass sie ihn mit ihrem Finger beinahe verfehlt hätte.
Wartete.
Und hier war es, das einzige Szenario, das sie *nicht* durchgespielt hatte: Sam öffnete nicht.
Sarah wartete minutenlang. Langsam setzte sich die Gewissheit wie ätzende Säure in ihrem Herzen fest: Er war nicht da.
Er konnte gleich zurückkommen, oder erst in Tagen oder Wochen. Was wusste sie schon! Was wusste sie überhaupt von ihm! Er konnte auf Geschäftsreise sein. Oder im Urlaub. Allein, oder auch nicht allein. Sie war völlig umsonst hierher geflogen, war einem Hirngespinst gefolgt, angetrieben von irrationaler Sehnsucht und albernen, verliebten Träumen!
Die ersten Schluchzer entrangen sich ihrer Kehle. Sie trat einige Schritte zurück, spürte den Regen auf ihrem Gesicht, der nun prasselnd herunterfiel, als wollte er sich

ihrem inneren Zerbrechen angleichen, sich mit den Tränen mischen, die sich endlich Bahn brachen. Als ihre Beine sie nicht mehr trugen, setzte sich Sarah auf ihren Koffer, blieb mit klappernden Zähnen mitten im Regen sitzen und ließ ihren Gefühlen freien Lauf. Sie wusste nichts mehr. Vor allem nicht, was sie nun tun sollte. Einfach zurück zum Flughafen fahren? In eine Pension gehen, ihn anrufen, fragen, wann er zurückkam? Doch selbst diese Fragen kamen gar nicht erst in ihrem Bewusstsein an. Es war kein Platz dafür, das Scheitern ihres Vorhabens lähmte sie vollkommen. Hätte sie auch diese negative Möglichkeit vorher durchgespielt, wäre sie nicht so überrascht und vor den Kopf gestoßen gewesen und hätte sofort nach einer sachlichen Lösung gesucht. Aber der Fall von Wolke sieben direkt auf den verregneten englischen Boden war lang und schmerzhaft und ließ für eine Analyse der Situation keinen Raum.

Als sie in ihre Manteltasche griff und ein Taschentuch herauszog, das genauso durchnässt und unbrauchbar war wie sie selbst, zuckte sie plötzlich zusammen.
»Sarah?« Die Stimme war allzu vertraut und kam von der Haustür! Erschrocken drehte sie sich um, das nächste Schluchzen blieb ihr im Halse stecken.
Sams Blick drückte Überraschung aus, geradezu Fassungslosigkeit. »Was in Gottes Namen *tust* du denn hier?«
Da sie nicht in der Lage war, zu antworten, tat Sam das Einzige, was ihm vernünftig schien: Er zog sie von ihrem Koffer hoch und brachte beide erst einmal aus dem Regen heraus, hinein in sein Haus.
Weinend stand sie auf der Schwelle, tropfte auf seinen Türvorleger und begriff gar nichts.

»Du ... du warst nicht da.«
Sam schaute noch immer erstaunt auf die durchnässte Frau. »Ich war hinten im Büro, habe telefoniert. Ich musste erst das Gespräch beenden, was einen Moment länger gedauert hat, der Autor war sehr hartnäckig.«
Sie nickte mechanisch. Zog die Nase hoch, da sie kein brauchbares Taschentuch hatte. Sam wühlte in seiner Hosentasche, zog eine angebrochene Packung heraus, nahm eines und reichte es ihr. Sie nahm das Taschentuch, putzte sich geräuschvoll die Nase.
Er zog ein weiteres Tuch aus der Packung, sah sie plötzlich sehr liebevoll an.
»Was ist nur passiert?« Die Frage kam leise, beinahe flüsternd. Seine warme Stimme rollte direkt in ihr Herz und wärmte sie von innen. Er begann, mit einer Hand sanft ihr Kinn umfassend, ihre Tränen zu trocknen.
Sarah musterte ihn. Sie wusste, dass nun doch noch der Moment gekommen war, die Karten auf den Tisch zu legen. Aber sie wollte sicher sein, dass sie das Richtige tat. Dass er ihr nicht ablehnend gegenüberstand.
Er strahlte Ruhe aus, wie immer. Vielleicht sogar noch mehr als sonst. Seine Augen hielten ihre für einen Moment fest. Stille Seen, in denen sie versank, nach Geborgenheit suchend. Sein Mund lag ruhig. Ein kleines Lächeln hatte sich in einem Mundwinkel versteckt, kaum wahrnehmbar. Er war nicht böse über ihren Auftritt, so viel war sicher.
Endlich nahm sie allen Mut zusammen, konnte nicht verhindern, dass dabei eine neue Tränenflut seine Mühen des Trocknens zunichte machte.
»Sam, ich ...« Der Kloß in ihrem Hals schnürte die Worte ab, erstickte sie im Keim.
»Schsch ... ganz ruhig. Es ist alles gut.« Wusste er am Ende schon, was sie sagen wollte?

»Sam ... bitte. Ich ... ich kann nicht länger so tun, als wären wir nur Freunde.« Unvermittelt musste sie sich an ihm festhalten. Es ihm gegenüber auszusprechen, nach all den Jahren endlich ehrlich zu sein, ließ sie schwanken.
»Das Wochenende hier ... dein Kuss, diese Nähe ... das hat nur vertieft, was mir schon so lange klar war. Sam ... eine Freundschaft mit dir ist mir zu wenig. Ich will mehr.«
Plötzlich war sie ganz ruhig. Die Tränen verebbten, ihr Herzschlag normalisierte sich. Lediglich das Zittern ihrer Hände verriet, wie aufgewühlt sie noch eine Sekunde zuvor gewesen war. Sie hatte sich offenbart. Endlich. Jetzt kam es auf ihn an. Würde er sie wollen?
Sam antwortete nicht. Wenn sie heiße Liebesschwüre erwartet hatte, wurde sie enttäuscht. Stattdessen nahm er ihre Hand, zog sie in Richtung Treppe.
»Komm. Du musst erst mal aus diesen nassen Sachen raus.«
Wie in Trance folgte sie ihm hinauf ins obere Stockwerk. Alles, was sie wahrnahm, war seine Hand, die ihre fest umschlossen hielt. Ein Rettungsanker, die einzige Sicherheit, die sie in diesem Moment hatte.
Sie gingen in sein Schlafzimmer. Erinnerungen an die Nacht vor ihrer Abfahrt fielen über sie her. An die intensive Nähe zwischen ihnen. Bevor sie allzu tief in den Erinnerungen versinken konnte, holte Sam sie in die Wirklichkeit zurück.
Umsichtig streifte er ihr den Mantel von den Schultern, hängte ihn auf einen Bügel. Sarah blieb einfach stehen, unfähig, sich auch nur einen Millimeter zu bewegen. Er nahm ihre Hände, führte sie über ihren Kopf, streifte ihr den feuchten Pulli ab, ließ das T-Shirt folgen, dessen Blumenmuster ihr einen Wimpernschlag lang peinlich war.

In BH und Jeans stand sie vor ihm, ließ es zu, dass er sie musterte, seine warmen Hände zärtlich über ihre Schultern gleiten ließ. Nur für Sekunden schloss sie die Augen. Plötzlich lagen seine Lippen auf ihren Lidern, hauchzart. Seine Wange streifte die ihre. Seine Lippen glitten über die Haut unter ihrem Ohr, wo Sarahs Duft am intensivsten war, fanden schließlich ihren Mund, legten sich sanft darauf. Sarah sog seinen Geruch gierig in sich auf, legte ihre Hände auf seine Hüften. Sie hätte ihn gerne umarmt, aber ihre Arme waren zu schwer, es schien unmöglich, sie zu heben.

Sam spielte mit ihren Lippen, öffnete sie vorsichtig, verlangte Einlass, den sie ihm nur zu gern gewährte. Und dann küsste er sie, ebenso zärtlich wie damals auf der Terrasse, aber noch intensiver. Er zog sie an sich, ließ es zu, dass sie nun endlich ihre Arme benutzte, sein Hemd aufknöpfte, es ihm auszog, ihre Hände in seinem weichen Haar vergrub, während sein Mund ihren Hals entlang wanderte und ihr ein wohliges Seufzen entlockte.

Dann zog sich Sam selbst sein T-Shirt über den Kopf, warf es achtlos in die Ecke. Sarah folgte seinen Bewegungen klopfenden Herzens mit dem Blick. Er blieb vor ihr stehen, gab ihr Zeit, ihn zu betrachten. Und konnte nicht ahnen, wie glücklich es sie machte. Voller Zärtlichkeit fuhr sie mit den Händen über seine Schultern, die Brust, spürte die Wärme seiner Haut und genoss das raue Gefühl seines kurzen Flaums darauf.

»Sam ...« Flüsternd perlte sein Name über ihre Lippen, und er fing ihn mit seinem Mund auf, fand sie erneut zu einem leidenschaftlichen Kuss. Einen kurzen, ungeduldigen Moment lang zerrten sie sich gegenseitig die Hosen von den Körpern, zogen einander zum Bett und kuschelten sich tief in die gemütlichen Kissen. Sam legte sich neben sie auf die Seite, bewunderte die Frau ohne Eile, die dort in Unterwäsche neben ihm lag und noch immer leicht zitterte.

Mit einem Arm stützte er sich ab, während seine andere Hand behutsam ihre Silhouette entlangfuhr. Er ließ einen Finger über ihren Hals gleiten, bis hinunter zum Schlüsselbein, fuhr die Kontur ihrer Brust nach und glitt schließlich unendlich langsam weiter hinunter bis zu ihrem Becken. Langsam streifte er auch ihre letzten Hüllen ab. Sarah schloss die Augen und genoss die Art, wie er sie erkundete.

Sie wollte ihn ebenfalls berühren, ihn erforschen, aber er ließ sie nicht. Nicht in diesem Moment. Mit einem einzigen Schwung er war plötzlich über ihr, legte sich auf sie.

Sie sahen einander in die Augen, kilometertief und nicht enden wollend, bevor ihre Lippen sich ein ums andere Mal fanden, während sie sich gegenseitig zärtlich verführten.

Irgendwann hörte sie ihn flüstern: »Ich habe mir so gewünscht, dass du kommst.«

Bevor sie dazu kam, sich darüber zu freuen, verschmolz er mit ihr, machte alles Denken unmöglich und trug sie mit sich davon, ohne sie ein einziges Mal aus den Augen zu lassen.

12

Sam konnte es nicht fassen. In den letzten Wochen und Monaten hatte er die Situation in Gedanken hin und her gewälzt, war immer wieder bei der Erinnerung an die Nacht nach der Party hängen geblieben. Daran, wie sie schmeckte, als er sie küsste, wie ihr Haar duftete, als er

seine Nase darin vergrub, und wie sie sich anfühlte, als er sie in den Arm nahm und mit ihr gemeinsam einschlief. Sein Job hatte es zeitlich unmöglich gemacht, eine Lösung zu finden. Oder war er nur zu feige gewesen? Er wusste, es war ein schmaler Grat zwischen Freundschaft und Liebe.
Wenn er ehrlich zu sich selbst war, hatte er Angst gehabt. Angst, dass sie ihn zurückwies, dass ihr eine Freundschaft reichte. Sarah war jung, schön und charmant, außerdem intelligent und unabhängig. Sie konnte jeden Mann haben. Als er nun neben ihr lag und in ihre klugen Augen blickte, seine Finger die Konturen ihres Gesichts nachmalen ließ und es genoss, wie ihr schläfriges Lächeln aussah, ließ das Glück ihn beinahe innerlich bersten. Sie war hier! Sie war zu ihm geflogen, war das Risiko einer Ablehnung eingegangen, weil sie ihn so sehr wollte. Weil sie nicht mehr ohne ihn sein wollte. Und Sam wusste mit Sicherheit, dass er genau dasselbe wollte. Er beugte sich über sie, um sie zu küssen. Im selben Moment klingelte es an der Tür.

Sarah kuschelte sich wohlig ins Kissen, sah Sam zu, wie er seinen knackigen Hintern aus dem Bett bewegte.
Er gehört mir.
Glücklich lächelte sie in sich hinein. Es schien ihr, als wäre der grauenvolle Augenblick, in dem sie weinend vor seiner Tür gestanden hatte, bereits Monate her, dabei lagen nur zwei Stunden zwischen damals und jetzt.
Sie hatte sich ausgemalt, wie es werden würde, hatte Luftschlösser gebaut, eins höher als das andere. Doch niemals hätte sie sich ausmalen können, wie es tatsächlich gewesen war. Sie hatten einander berührt, sich seitdem kaum mehr losgelassen. Sie hatten sich geküsst,

gestreichelt, angesehen, erkundet. Und dann hatten sie sich geliebt, wie Sarah es niemals für möglich gehalten hätte. Es schien nur wichtig, dass sie eins waren, verschmolzen, sich so nahe wie möglich waren, einander nicht losließen, während sie gemeinsam in andere Universen flogen und die Realität weit hinter sich ließen. Kleine Schweißperlen hatten sich auf Sams Brust gebildet, die sie weggeküsst hatte, als er sich kraftvoll in ihr bewegte.

Danach hatten sie einander weiter geküsst und gestreichelt, nicht bereit, diesen Moment enden zu lassen. Bis es an der Tür klingelte. Sam hatte kurz überlegt, es einfach zu ignorieren, sich dann aber doch entschieden, hinunterzugehen.

»Vielleicht ist es meine Nachbarin, die mal wieder Hilfe mit ihrem Briefkasten braucht. Letzte Woche war sie schon einmal hier, weil er klemmte und sie wichtige Briefe erwartete. Ich sehe schnell nach. Lauf nicht weg.«

Er hatte gelächelt und sie geküsst, und Sarah hatte erwidert: »Mich wirst du nicht mehr los.«

Dann hatte er sich schnell etwas angezogen.

Nun lag sie hier, schaute verträumt an die Decke und wartete darauf, dass Sam wieder hoch kam. Sie hörte, wie er die Stufen hinunterging, die Tür öffnete. Einige Sekunden herrschte Stille. Dann: »Was ...!«

Sie konnte die Überraschung in seiner Stimme bis ins Schlafzimmer hören. Außerdem spürte sie, wie sich die Atmosphäre veränderte. Plötzlich meldete sich ein seltsames Bauchgefühl, ihre Nackenhaare stellten sich auf. Aus der Halle war eine Frauenstimme zu hören, fröhlich und schrill. Die Nachbarin ...?

Sarah schlüpfte leise aus dem Bett, zog sich Jeans und

Pulli über und verließ das Schlafzimmer barfuß, beugte sich über die Galerie. In der Haustür stand ein sichtlich zu Tode erschrockener Sam mit einer Frau. Sie war etwas zu schick anzogen, strahlte über das ganze Gesicht.
»Na, ist die Überraschung geglückt? Deine Mutter hat mir gesagt, wo ich dich finde, wenn auch etwas widerwillig, wie ich zugeben muss. Hast du irgendein Geheimnis vor mir, mein Schatz?«
›Schatz‹? Wer ist diese Frau?
Sarah blieb wie versteinert stehen und sah auf die Szene hinunter. Auf Sam, der die Fremde mit einer knappen Geste hereinbat, sich nervös durch die Haare fuhr.
Sarah wusste später nicht zu sagen, ob sie eine Bewegung gemacht oder einen Laut von sich gegeben hatte, aber plötzlich sahen beide zu ihr hoch. Er erschrocken, die andere Frau eher neugierig.
»Sam, willst du mir deinen Hausgast nicht vorstellen?«
Sarah schnappte nach Luft. *Hausgast? Wer ist denn hier der Hausgast?*
Er nickte, kapitulierte mit hängendem Kopf. Aus irgendeinem Grunde wusste Sarah, dass ihr nicht gefallen würde, was nun folgte.
»Violet, das ist Sarah Westhoff. Sarah, darf ich dir Violet vorstellen, meine ... Frau.«

Totenstille herrschte im Haus.
Sarahs Kopf war wie leergefegt. Sie vergaß zu atmen, spürte, wie eine eiserne Klammer ihren Brustkorb umschloss und ihr Herz daran zu hindern drohte, weiter zu schlagen. Alles in ihr gefror gleichzeitig zu ewigem Eis. Ein einziger Gedanke formte sich irgendwo in ihrem Hinterkopf: *Weg hier!*
Während diese Violet sie noch anstarrte und Sam matt zu

einem »Sarah, lass dir erklären ...« ansetzte, drehte sie sich auf dem Absatz um und rannte ins Schlafzimmer zurück, schlüpfte in ihre Schuhe und den Mantel, stopfte ihre Unterwäsche in die Handtasche. Jetzt galt es, an den beiden vorbei zu kommen, ohne aufgehalten zu werden, und - was viel wichtiger war - ohne zusammenzubrechen. Sam war schon auf halbem Weg die Treppe hoch, Violets »was tut sich denn hier?« ignorierend, als Sarah an ihm vorbeirauschte, seine Hand abschüttelte, die ihren Arm greifen wollte.
Sie langte hinter die Fremde, deren Geruch nach billigem Parfum Sarah fast würgen ließ, zerrte ihren Koffer hinter der Garderobe hervor und stürmte aus dem Haus.

»SARAH! Warte!«, schrie Sam ihr hinterher, doch sie ignorierte es und rannte weiter.
Als sie das Törchen des Grundstücks hinter sich gelassen und ein Stück die Straße entlang gehetzt war, hörte sie ein lautes Schluchzen. Wurde sich wie durch dicken Nebel der Tatsache bewusst, dass es aus ihrer eigenen Kehle kam.
Sie spürte den Eisregen kaum, der wie Nadelstiche auf sie einprasselte, und sah nicht, wie er die ganze Landschaft in gleichförmiges Grau hüllte, eine Masse aus Farblosigkeit, verschwommen und kalt.

Irgendwann, während sie taumelnd den Straßenrand entlang rannte, mit jedem Schritt kämpfend, den Koffer, der immer schwerer wurde, hinter sich her zerrend, hielt ein Auto neben ihr. Mit klappernden Zähnen blieb sie stehen, starrte abwesend zu der Gestalt hinter der Scheibe, die nun ein Stück heruntergelassen wurde.
»Sarah, bitte! Steig ein! Du kannst doch nicht den ganzen Weg laufen! Komm mit mir zurück, ich erkläre dir alles!«

Sie sah Sams Gesicht, aber er sah nicht mehr aus wie der Mann, den sie liebte. Verrat, Wut und Verzweiflung schlugen in ihr empor und ließen ihn hässlich in ihren Augen aussehen, auch wenn er offensichtlich genauso verzweifelt war wie sie.

Sie wollte es ihm entgegen brüllen, wollte ihn anschreien, dass er sie belogen und betrogen hatte, dass er ihr Herz gebrochen hatte!

Aber es drang kein Wort über ihre Lippen. Wenn sie jetzt den Mund öffnete, würde sie nur haltlos schreien, könnte nicht weitergehen. Aber sie musste weg. Fort von ihm, fort von seiner Frau, die sich in diesem Moment sicher kaputtlachte. Oder genauso entsetzt war wie sie. Zwei Frauen, von demselben Mann betrogen.

Jetzt schnitt Sam ihr den Weg ab, fuhr so dicht an den Straßenrand, dass sie nicht weitergehen konnte.

»Sarah, steig ein! Du wirst dir den Tod holen bei dem Wetter!«

Plötzlich kehrte ihre Energie zurück, der pure Überlebensinstinkt.

»NEIN! Ich BIN gerade gestorben, und das ist DEINE Schuld!«

Einer plötzlichen Eingebung folgend hob sie ihren Koffer hoch und begann zu rennen, querfeldein. Neben der Straße waren weite Felder, die erst ein ganzes Stück weiter an die nächste Ortschaft angrenzten, nur durchbrochen von einzelnen Bauernhöfen. Sarah lief direkt hinein, wissend, dass Sam ihr mit dem Wagen unmöglich folgen konnte. Mit jedem Schritt weinte sie lauter. Der Schmerz in ihrem Herzen und das Gewicht des Koffers ließen sie taumeln.

Er rief ihr nach, machte Anstalten, ihr zu folgen. Sie lief immer weiter, über den halb gefrorenen, halb matschigen Acker, während ihr Atem in der kalten Luft dicke weiße

Wolken bildete und ihre Tränen sich mit dem eiskalten Regen mischten.

Aufgehalten wurde sie erst, als ein Erdloch, das von wucherndem Gras überdeckt war, sie aufhielt. Sie trat mit dem Fuß hinein, stolperte, schrie auf und stürzte heftig. Ein stechender Schmerz fuhr durch ihr Fußgelenk, noch mehr Schmerzen pochten in ihrer Hand. Auf allen Vieren kniete sie mitten im Feld, betrachtete den tiefen Schnitt in ihrer Hand. Sah einen Moment später den Stein, der halb aus der Erde herausragte, und an dem ihr Blut klebte. Im nächsten Moment wurde es bereits von frischen Regentropfen fortgespült.

Sam begriff, dass er sie nur weiter zur Flucht antrieb, wenn er versuchte, sie aufzuhalten, und blieb endlich hilflos am Rand des Ackers stehen.

»Miss? Sind Sie verletzt?«

Eine weibliche Stimme wehte zu ihr herüber. Sarah glaubte zunächst, es wäre Einbildung, aber dann kam eine weitere Stimme dazu, die Stimme eines Mannes.

»Miss! Brauchen Sie Hilfe?«

Plötzlich umschloss eine kräftige Hand ihren Arm, zog sie auf die zitternden Beine.

»Emma, nimm ihren Koffer. Wir müssen sie erst einmal trocken kriegen.«

Sarah stand zu sehr unter Schock, um zu registrieren, wer ihr half. Sie machte sich keine Gedanken um ihr Gepäck, bemerkte nicht ihr verletztes Knie, den Riss in der Jeans. Nur vage spürte sie, wie es wärmer wurde, als sie in ein Cottage in der Nähe gebracht und versorgt wurde. Emma, die Landwirtin, verband ihr die Hand, während ihre dreizehnjährige Tochter den Riss in Sarahs Hose flickte.

»Können Sie das Hosenbein ein Stück hochziehen? Dann

kann ich mir Ihr Knie ansehen«, sagte Emma, als zumindest die Hose fertig geflickt war.
Sarah reagierte nicht. Sie saß nur zitternd da und murmelte immer wieder etwas von Sam und einer Frau.
»Sie steht unter Schock ...« Emma strich der jungen Frau behutsam über die nassen Haare.
»Maggie, hol bitte ein Handtuch und eine Bürste.«
Dann sah sie Sarah direkt in die Augen, versuchte, ihren Blick auf sich zu konzentrieren.
»Können Sie mir sagen, was passiert ist, Miss?«
Sie erhielt keine Antwort. Ohne weitere Worte nahm Emma ein Glas Sherry und setzte es Sarah an die Lippen. Glücklicherweise ließ sie sich das scharfe Getränk widerstandslos einflößen. Sekunden später erwachten ihre Lebensgeister wieder so weit, dass sie ein Ziel formulieren konnte.
»Ich muss zum Flughafen. Sofort.«
Emmas Mann mahnte zur Ruhe. »Miss, Sie sind völlig fertig und durchnässt. Bitte bleiben Sie bei uns. Sie können in unserem Gästezimmer übernachten und erst einmal zur Ruhe kommen. Morgen fahre ich Sie dann zum Flughafen.«
Aber es war unmöglich, Sarah aufzuhalten. Schon raffte sie ihre Sachen zusammen, taumelte zur Tür.
»So warten Sie doch! Emma, wenn die junge Frau es so eilig hat, fahre ich sie zum Flughafen.«
Seine Frau nickte und schlug eine Hand vor den Mund, erschrocken über den Zustand der Fremden.
»Haben Sie eine Telefonnummer, die Sie uns geben könnten? Bitte ... ich möchte Sie morgen anrufen und sichergehen, dass es Ihnen gut geht.«

Wie in Trance schrieb Sarah ihre Telefonnummer auf den

Zettel, den man ihr reichte, und verließ dann mit dem Landwirt das Haus.

Als sie am nächsten Morgen zu Hause ankam, konnte sie sich nur noch bruchstückhaft an ihre Heimreise erinnern. Der Schock hatte offenbar einige Erinnerungen in die Verbannung geschickt.
Erschöpft stellte sie den Koffer im Flur ab und ging ins Bad, um sich das Gesicht zu waschen. Es fühlte sich heiß an. Bei einem Blick in den Spiegel sah sie die Ursache hierfür: Sie war völlig verweint und verquollen. Offenbar hatte sie, seit sie vor Sam und seiner Frau geflüchtet war, nicht eine Sekunde lang aufgehört zu weinen und es nicht einmal bemerkt. Was mussten die Leute im Flugzeug gedacht haben?!
Vage erinnerte sie sich, gefallen zu sein, mitten in einem Feld. *Wie bin ich dahin gekommen?*
Noch wichtiger war die Frage, wie sie wieder herausgekommen war, und warum sie eigentlich einen Verband um die linke Hand trug. Sie hob den Mull ein Stück an, entdeckte die Schnittwunde darunter.
Das nächste Erinnerungsbruchstück war die Wartehalle des Flughafens. Sarah hatte die Nacht dort verbracht, sich der Länge nach über drei Stühle gelegt und erfolglos versucht, zu schlafen. Eine Mitarbeiterin des Bodenpersonals hatte ihr geholfen, aufzustehen, als ihr Flug aufgerufen wurde. Und nun stand sie hier in ihrem Bad. In Sicherheit.
Plötzlich klingelte das Telefon, riss sie abrupt aus ihrer Starre. Sie wankte humpelnd ins Wohnzimmer und nahm mit zitternden Händen den Hörer auf.
»Ja?«
Eine sanfte Frauenstimme drang durch die Leitung und

sprach sie auf Englisch an. Sarah hatte sie noch nie zuvor gehört.
»Miss? Sind Sie Miss ... Sarah?«
Miss Sarah? Wer redet einen denn so an?
»Hier ist Sarah Westhoff. Wer sind Sie?«
Ein überraschenderweise erleichtertes Aufatmen am anderen Ende der Leitung.
»Hier ist Emma Layton. Sie sind gestern auf dem Acker hinter unserem Haus hingefallen. Mein Mann Calvin und ich haben Ihnen auf die Beine geholfen und Sie versorgt. Cal hat Sie dann zum Flughafen gefahren. Sie waren so durcheinander ... ich wollte sicher sein, dass es Ihnen gut geht, deswegen rufe ich an.«
Sarah starrte konsterniert die Wand an. Emma? Calvin? Sie hatte keine Ahnung, wer diese Leute waren. Andererseits erklärte das den Verband um ihre Hand.
»Woher haben Sie diese Nummer?«
»Sie haben sie mir gestern auf einen Zettel geschrieben, zusammen mit ihrem Vornamen, wissen Sie nicht mehr? Nachdem wir Ihre Wunden versorgt hatten.«
Sarah wusste nichts mehr.
»Es ... es geht mir gut. Ich bin jetzt zu Hause. Vielen ... Dank für Ihre Hilfe.«
»Passen Sie auf sich auf, ja? Ich wünsche Ihnen alles Gute, Miss.«
Sarah bedankte sich noch einmal, legte dann auf. Sie sah an sich hinunter. Ihre Jeans hatte einen Blutfleck auf Kniehöhe. Quer durch den Fleck führte eine Naht, offenbar ein von Hand geflickter Riss. Neidlos musste sie anerkennen, dass die Naht ordentlich gesetzt worden war, mit feinen, gleichmäßigen Stichen. Vielleicht konnte sie die Hose sogar weiterhin tragen.
Sie ließ das Telefon sinken, legte es auf ihrem Couchtisch

ab, setzte sich auf das Sofa. Nach und nach wurde ihr bewusst, was passiert war. Eine schwarze, unerbittliche und endgültige Leere breitete sich in ihr aus, begleitet von einem dumpfen Schmerz in ihrer Brust, so gewaltig, dass Sarah nicht wusste, wie sie ihn ertragen sollte.
Willenlos ließ sie sich zur Seite fallen und schloss die Augen in der Hoffnung, sie nie wieder öffnen zu müssen. Endlich nahm der lang ersehnte Schlaf sie gefangen und erlöste sie vorübergehend von den Schrecken der Realität.

13

Ein aufdringliches, unerbittliches Geräusch drang in ihre Ohren. So sehr sie auch hoffte, es würde endlich aufhören ... das Klingeln in ihrem Kopf wurde von Mal zu Mal wütender. Sarah schlug die Augen auf. Irgendwann dämmerte es ihr, dass nicht ihr Kopf klingelte, sondern die Türglocke. Gequält hievte sie sich von der Couch hoch und schlurfte dem Eindringling entgegen.
»Sarah! Um Gottes Willen, wie siehst du denn aus!«
Tina schlug die Hände vor den Mund, besann sich dann eines Besseren und nahm ihre Freundin fest in die Arme, die erst dadurch aus einer Art Trance erwachte.
»Tina ... was machst du hier?«
»Dich jetzt erst mal zur Couch bringen. Du wolltest dich gestern Abend melden und mir Bescheid sagen, ob du heute arbeiten kommst, oder ob der Laden in der nächsten Zeit erst mal mir überlassen bleibt. Es ist nicht deine Art, dich dann nicht zu melden. Ich hab mir Sorgen gemacht. Und zu Recht, wie es scheint! Was ist denn bloß passiert? Warum bist du schon wieder hier, und ... warum siehst du aus, als hättest du dich im Schlamm gesuhlt? Was ist mit

deiner Hand?«
Tina war außer sich, und Sarah konnte es ihr nicht verdenken. Es tat zu weh, auch nur darüber nachzudenken, aber sie sah ein, dass sie die Ereignisse nicht totschweigen konnte. Alles in sich hineinzufressen, würde ihr wohl auch nicht gut tun.
»Ich war bei Sam. Und ...« *Wow. Das ist schwerer, als ich dachte.*
Die erste Träne rollte unaufhaltsam ihre Wange hinunter. Da sie einen ganzen Tag lang nichts anderes getan hatte, als zu weinen, tat es in den Augen weh, und ihr Schädel begann sofort, zu dröhnen. Stöhnend legte sie die Hände über die Augen. »Aua.«
Tina nahm ihre Hände und streichelte sie behutsam.
»Ist schon gut, Liebes. Lass dir Zeit. Eins nach dem anderen.«
Sarah nahm all ihre Kraft zusammen. »Wir haben uns geliebt. Es war ...«
Ihr Gesichtsausdruck schien Bände zu sprechen, denn Tina winkte ab. »Alles klar, ich versteh schon. Es war filmreif, nehme ich an. Was ist dann passiert?«
Sarah zögerte. War das wirklich passiert, oder war es vielleicht doch nur ein Alptraum?
»Es klingelte an der Tür. ... Sam ging hinunter, um zu öffnen. Ich bin aufgestanden, weil sich seine Reaktion auf den Besucher so seltsam anhörte. Und dann ... hat er mir die Frau, die dort unten stand ... als seine Frau vorgestellt.«
Tina schloss ihre Freundin in die Arme, als diese hemmungslos schluchzend in sich zusammensackte.
Seine Frau. Meine Güte. Er hat sie nach Strich und Faden verarscht.
Aber hatte er das wirklich? »Sarah, sag mir eins: Hat er dir zu irgendeinem Zeitpunkt gesagt, dass er dich liebt? Dass

er mit dir zusammen sein, mit dir leben will?«
Sarah stutzte, putzte sich die Nase, dachte fieberhaft nach. Das war doch nicht möglich ...
»Nein. Nein, das hat er nicht. Aber sein Kuss, und ... der Sex ...«
Tina nickte. »Wenn man es genau nimmt, hat er seine Frau also mit dir betrogen.«
»Er hat niemals erwähnt, dass er verheiratet ist, verdammt noch mal! Er hat mich all die Jahre in dem Glauben gelassen, er wäre Single! Ich meine ... als wir uns geliebt haben, das war ... er brauchte nicht zu sagen, dass er mich liebt! Er hat es mich *spüren* lassen! Er hat ...«
»Sarah! Beruhige dich!« Obwohl, warum eigentlich? Vielleicht war es gesünder, wenn sie wütend wurde.
Ihr Gespräch wurde durch das Klingeln des Telefons unterbrochen. Sarah nahm den Hörer, aber das Geräusch kam nicht vom Festnetzanschluss.
»Mein Handy ...« Sie suchte danach, fand es schließlich auf dem Esstisch. Mit zitternden Händen ließ sie es wieder sinken, als sie die Nummer sah. »Es ist Sam.«
Er war hartnäckig. Beinahe zwei Minuten lang quälte er Sarah mit seinem Anruf, gab ihr verzweifelt lange die Möglichkeit, das Gespräch anzunehmen. Als er endlich aufgab, sah sie, dass er bereits acht Mal versucht hatte, sie anzurufen, wahrscheinlich während sie im Delirium auf der Couch gelegen hatte.
»Was soll ich denn jetzt tun?«
Ihre Freundin wusste sofort Rat. »Ich koche jetzt erst mal Kaffee und mache dir Frühstück. Ich wusste nicht, ob du was da hast, deswegen war ich schnell noch beim Bäcker. Und ich lasse dir ein Bad ein. So wie du aussiehst, kannst du eins gebrauchen. Oder ... drei.«
Sarah brachte ein schmales Lächeln zustande.

»Hast du irgendwo was zum Kühlen?«
Sarah nickte und deutete auf ihre Küchentür. »Im Eisfach. Wofür brauchst du das?«
Tina lachte. »Ich brauche das nicht. Aber du. Für deine Augen. Entschuldige, dass ich das so offen sage, mein Schatz, aber du siehst aus, als hätte dich jemand verprügelt. Zieh diese Sachen aus, die müssen gewaschen werden. Warum siehst du überhaupt so aus? Bist du gefallen?«
»Ja ... während ich davonlief. Ich bin auf einem Acker gestürzt, hat die Frau am Telefon mir erklärt.«
Tina stutzte. »Welche Frau am Telefon? Und warum rennst du auf einem Acker rum?«
Sarah war bereits auf dem Weg ins Schlafzimmer, um sich auszuziehen. »Nicht so wichtig, erzähle ich ein anderes Mal.« Die Erinnerung an die Ereignisse des späten Samstagnachmittags kamen langsam zurück. Und sie taten eindeutig zu weh, um darüber zu sprechen. Glücklicherweise ließ Tina es dabei bewenden und begann, ihr ein duftendes Schaumbad einzulassen.

Etwas später fühlte sich Sarah, zumindest äußerlich, wieder wie ein Mensch. Während sie in der Wanne lag und der Duft von Vanille und Magnolien ihre geplagte Seele streichelte, sorgte das Kühlpack über ihren Augen dafür, dass diese langsam wieder abschwollen und zu schmerzen aufhörten.
Schließlich kam Tina, die in solchen Situationen eine wunderbare Mütterlichkeit an den Tag legte, wusch ihrer Freundin zärtlich die Haare, half ihr danach aus der Wanne und frisierte sie, als Sarah wenig später frisch angezogen auf einem Stuhl im Badezimmer saß. Die gleichmäßige Bürstenbewegung durch ihr Haar war besänftigend und

tröstlich. Nachdem Tina Sarahs duftende Mähne in einem Pferdeschwanz zusammengebunden hatte, trug die junge Frau selbst frisches Makeup auf und krönte das Wohlgefühl durch einen Spritzer Parfum.
»Was ist eigentlich mit dem Laden?«
»Was soll schon damit sein? Ich habe das ›vorübergehend geschlossen‹ – Schild aufgehängt und bin gegangen. Heute Morgen bist du wichtiger als deine Buchverkäufe!« Sie nahm ihre Freundin an die Hand, führte sie an den Esstisch und drückte sie auf einen Stuhl, bevor sie in der Küche verschwand und kurz darauf mit einem Tablett wiederkam, auf dem zwei dampfende Tassen Kaffee sowie ein großer Teller mit Croissants und belegten Brötchen standen.
»Wer soll denn das alles essen?«
Tina zwinkerte ihr zu. »Wann hast du das letzte Mal was gegessen? Sei ehrlich.«
Sarah überlegte. »Samstag ... glaube ich. Morgens. Als wir zusammen gefrühstückt haben.« Was bedeutete, dass sie seit zwei Tagen nichts zu sich genommen hatte - möglicherweise eine Erklärung dafür, dass sie sich so wackelig fühlte.
»Ich habe keinen Hunger.«
»Du isst.« Tina drückte ihr entschlossen ein Croissant in die Hand. »Na los. Ich lasse dich nicht eher aufstehen, bevor du *das* nicht wenigstens aufgegessen hast.«

Tina hatte es schließlich geschafft, ihre Freundin dazu zu bewegen, den Laden wieder zu öffnen. Arbeit lenkte ab, und dank neuer Bücherlieferungen gab es reichlich davon. Sarah wollte zwischendurch auf ihr Handy schauen, aber da sie dort zehn Nachrichten von Sam vorfand, die sie sofort wieder aus dem Gleichgewicht brachten, ohne dass sie sie tatsächlich gelesen hatte, kassierte Tina das Gerät schließlich ein und versprach Sarah, es ihr nach Feierabend wiederzugeben - nachdem sie die WhatsApp gelöscht hatte. Sarah kam sich zwar ein wenig wie ein bevormundetes Kleinkind dabei vor, wusste aber in der Tiefe ihres Herzens, dass ihre Freundin recht hatte.

Am Ende der Woche hatte Sarah weitere Versuche der Kontaktaufnahme durch Sam abgewehrt. Dass er hartnäckig war, konnte man ihm nicht absprechen. Sie hoffte, dass er irgendwann aufgab, damit sie mit sich ins Reine kommen und über ihn hinwegkommen konnte, obwohl ein Teil von ihr sich wünschte, er möge *nicht* aufgeben, möge in der Lage sein, ihre heile Welt wieder herzustellen und den Traum wahrwerden lassen, den sie gemeinsam geträumt hatten, ohne Worte, nur durch Blicke und Berührungen. In seinem Bett, kurz bevor seine Frau aufgetaucht war.

Aber die vergangenen Monate ließen sich nicht ungeschehen machen, und die emotionale Zerreißprobe hatte ihre Spuren in Sarah hinterlassen. Sie konnte nicht mehr in ihr früheres Leben zurück. Sie musste sich sortieren und neu ausrichten, sich erholen.

Auch ihre Freunde mussten sich, obwohl sie wirklich alles taten, um Sarah aus ihrem Gram herauszuziehen, damit abfinden, dass die junge Frau nicht mehr dieselbe war. Die fröhliche Partymaus gab es nicht mehr. Sie hatte sich in einen ruhigen, nachdenklichen Menschen verwandelt, der noch mehr Bücher als früher las und niemanden mehr wirklich an sich heranließ.

Die Lösung des Problems trat praktisch von allein auf, spazierte Anfang März in den kleinen Buchladen und

bedeutete das Ende von Sarahs Rückzug in sich selbst. Es war Christian, der beschlossen hatte, dass nun genug Gras über seinen Fehltritt gewachsen war, um einen erneuten Versuch der Annäherung zu starten. Nicht ahnend, dass er sich dafür den perfekten Moment ausgesucht hatte.
Tina begrüßte den Pensionär mit einem warmen Handschlag und bat ihn, sich einen Augenblick zu gedulden, während sie nach hinten ins Lager ging, um Sarah zu holen.
»Da ist jemand für dich.« Sofort fiel ihr die unglückliche Wortwahl auf. Sarah wurde kreidebleich, musste sich an einem Regal festhalten.
»Nein, keine Sorge, es ist nicht Sam! Oh Gott, bitte entschuldige. Ich wollte dir keinen Schrecken einjagen! Es ist Christian.«
Sarah zog ein langes Gesicht und legte eine Handvoll Bücher auf den Packtisch des Lagerraums.
»Ganz toll, das macht die Sache direkt besser.« Ihre Stimme triefte vor Ironie.
»Komm, er hat sich wirklich lange nicht blicken lassen. Außerdem ... wirkt er irgendwie anders als sonst.«
»Meinst du, dieses Mal geht er direkt zum Heiratsantrag über? Ach nein, geht ja nicht. Verheiratet ist er ja schon.« Mit einem Kopfschütteln nahm Sarah das nächste Buch aus dem Karton und klebte ein Etikett auf den Buchrücken, scannte es ein und kontrollierte den Buchbestand auf ihrem Laptop.
»Sarah! Jetzt geh schon, er wartet im Laden!«
So forsch erlebte man Tina selten, aber langsam ging ihr das zickige Getue ihrer Freundin erheblich auf die Nerven. Wollte sie für den Rest ihres Lebens sauer auf alle Männer sein? Davon abgesehen war sie nicht der einzige Mensch auf der Welt mit Liebeskummer!

»Ist ja schon gut! Ich geh ja.«
Mühsam erhob sich Sarah und verließ das Lager, machte sich aber nicht die Mühe eines freundlichen Gesichts, als sie auf Christian zuging.
»Hallo.«
Zu ihrer größten Überraschung reichte er ihr höflich die Hand. »Sarah. Du siehst gut aus. Ich könnte heute deinen Rat gebrauchen. Ich suche ein Buchgeschenk für meine Nichte. Sie ist Mitte zwanzig und mag esoterische Sachen, Vampire und so was. Hast du solche Bücher?«
Sarah lächelte widerwillig und führte ihn in den Fantasy-Bereich des Ladens.
»Hier hätten wir ... Hexen ... Vampire ... noch mehr Vampire ...« Sie deutete mit dem Finger auf die verschiedenen Buchserien. »Alles, was das Fantasyherz begehrt.«
Christian las ziemlich überfordert die Titel.
»Ehm ... kannst du mir eins der Bücher empfehlen? Ich habe wirklich keine Ahnung davon, wenn ich ehrlich bin.«
Er zuckte hilflos mit den Schultern und brachte Sarah damit tatsächlich ein bisschen zum Lachen, was Tina im Hinterzimmer überrascht aufhorchen ließ.
»Dieses hier kann ich dir empfehlen. Die Autorin ist bereits dabei, den Fortsetzungsroman zu schreiben, Nachschub ist also gesichert.«
Dankbar nahm er das Buch an sich und strebte der Kasse zu. »Vielen Dank, du hast mich gerettet. Was liest *du* denn im Moment?«
Sarah sah ihn skeptisch an. Keine Einladung zum Essen? Kein Date? »Ich habe gestern eine Biographie ausgelesen, die sterbenslangweilig war, kann ich dir wirklich nicht empfehlen. Was ich als nächstes lese, weiß ich ehrlich gesagt noch nicht. Der Bücherstapel ist hoch, ich muss

mich noch entscheiden. Warum?«
Christian zögerte. »Weil ... ach, ist nicht so wichtig. Vielen Dank, ich wünsche dir noch einen schönen Tag!«
Er lächelte sie herzlich an, hob zum Dank das soeben gekaufte Buch und verließ dann den Laden, ließ Sarah verwundert am Tresen zurück.
Sofort kam Tina aus dem Hinterzimmer angelaufen. »Sag mal, was war das denn? Höflich und zurückhaltend? Er hat wirklich verstanden, dass du nicht mehr willst, herzlichen Glückwunsch!«
Sarah schluckte. Richtig. Er hielt sich zurück. Das war genau das, was sie gewollt hatte. Also wollte jetzt weder der eine noch der andere Mann etwas von ihr.

Eine Woche später wollte es der Zufall, dass sich Sarah und Christian erneut über den Weg liefen, und zwar im Supermarkt. Die junge Frau war tief in Gedanken an Sam versunken, malte sich aus, was er jetzt wohl gerade machte. *Wahrscheinlich geht er mit seiner Frau shoppen oder wälzt sich mit ihr im Bett.*
Der Gedanke daran, dass er vielleicht wirklich mit ihr schlief, was er kurz zuvor erst mit Sarah getan hatte, brannte ein großes Loch in ihr Herz. Sie atmete tief durch, um die Tränen zurückzuhalten und keine weichen Beine zu bekommen, als sie plötzlich mit Christian zusammenstieß. Ihre Einkaufstasche fiel zu Boden. Die gerade gekaufte Rotweinflasche darin zerbarst mit einem lauten Klirren, färbte den Leinenbeutel rot und verteilte ihren restlichen Inhalt auf dem Boden des Supermarkteingangs.
»Verdammter Mist!« Sie schaute in die Tasche. Ein Chaos aus nassen Verpackungen und feucht glänzenden Scherben ließ keinen Zweifel daran, was ihre

Abendbeschäftigung sein würde.
»Sarah, das tut mir leid. War der Wein sehr teuer? Was für eine Marke war es? Ich kaufe dir schnell eine neue Flasche.«
Sarah winkte ab. »Lass mal ... ich glaube, ich habe noch eine zu Hause.«
»Trotzdem. Ich habe dich nicht gesehen, deswegen ist das Missgeschick passiert.«
Er meinte es offenbar ernst, daher nannte sie ihm die Marke des Weins. Einige Minuten später kam er zu ihr zurück – mit einer neuen Flasche Wein, Crackern und einem Stück Käse.
»Ehm ... danke, aber ... mir ist nur der Wein kaputtgegangen.«
Christian lachte. »Ich war so frei, dir ein bisschen was zum Knabbern zu besorgen. Dieser Käse ist köstlich, du solltest ihn dazu naschen.«
Sein verschmitztes Grinsen verfehlte seine Wirkung nicht: Sarah musste ebenfalls lachen und bekam sogar wieder einen Anflug von guter Laune. Warum hatte dieser Mann plötzlich eine so positive Wirkung auf sie?
»Vielen Dank, ich werde ihn probieren.«
Christian nickte zufrieden, dann winkte er ihr zu und wollte gehen, und wieder überraschte er Sarah mit seiner Zurückhaltung. Einem plötzlichen Impuls folgend hielt sie ihn kurz an der Hand zurück.
»Ja?«
Die Überraschung stand ihm ins Gesicht geschrieben, als er sich noch einmal zu ihr umdrehte. Sie wartete nicht ab, sondern drückte ihm einen schüchternen Kuss auf die Wange. »Ich danke dir. Auch dafür, dass du mich zum Lachen gebracht hast.«
Damit verabschiedete sie sich und ging zurück zu ihrem

Auto. Christian sah ihr lächelnd hinterher und beglückwünschte sich selbst dazu, seine Taktik geändert zu haben.

14

Er hatte recht behalten. Der Käse, ein französischer Edelschimmel, schmeckte köstlich zu dem Wein, den er ihr ersetzt hatte. Und die Cracker ergänzten das Ensemble wunderbar.
Dazu hatte sich Sarah in ein Schaumbad gelegt und ein neues Buch mitgenommen, sodass sie sich nach dem ersten halben Glas Wein entspannt und beinahe zufrieden fühlte. Das Buch, ein Thriller, hielt sie davon ab, über irgendwelche Männer nachzudenken und dem Liebeskummer zu verfallen. Als sie nach eineinhalb Stunden mit verschrumpelter Haut aus der Wanne stieg und sich mit einer nach Vanille duftenden Körperlotion einrieb, war sie sogar ein bisschen gut gelaunt. Eine Gesichtsmaske auf der frisch gereinigten Haut perfektionierte das Wohlgefühl. Mit einem weiteren Glas Wein machte es sich Sarah schließlich im Schlafanzug auf ihrer Couch gemütlich und dachte über die wundersame Wandlung von Christian Blum nach.
Was war mit ihm passiert? Sein Verhalten hatte sich seit ihrer Abfuhr grundlegend verändert. Er erzählte nicht mehr von sich, hatte nicht mehr versucht, sie zu einem Date zu überreden, blieb auf höflichem Abstand. Er war freundlich und zuvorkommend, ohne sich in irgendeiner Art und Weise aufzudrängen. Ganz im Gegenteil: Seine Art war so angenehm, dass Sarah es sogar schade gefunden hatte, als er sich im Supermarkt so schnell von

ihr verabschiedet hatte. Sie konnte nur vermuten, dass seine Frau gerade in der Stadt war und er einen Flirt vermeiden wollte.

Da sie allein war und sich nicht mehr von ihm bedroht fühlte, gönnte sie sich in leicht beschwipstem Zustand eine kleine Fantasie. Sie stellte sich vor, wie es wäre, Christian doch einmal zu küssen. Richtig zu küssen. Sich an ihn zu drängen, bis die Hitze in ihnen hochschlug und sie die Kontrolle verlieren ließ.

Dann schalt sie sich eine dumme Gans, musste über sich selbst lachen und schaltete den Fernseher ein, um die Spätnachrichten zu schauen.

»Blum.«
»Westhoff.«
Eine Sekunde herrschte erschrockene Stille in der Leitung.
»Entschuldige, hätte ich nicht anrufen sollen? Aber ... du hast mir deine Handynummer vor einiger Zeit gegeben, und ... ich hatte sie noch. Ist das okay?«
Christian räusperte sich. »Natürlich! Ich hatte nur nicht damit gerechnet. Aber es ist eine sehr angenehme Überraschung.«
»Ich wollte mich bedanken. Für den Tipp mit dem Käse neulich. Er war wirklich köstlich und passte hervorragend zu dem Wein.«
Es war schon einen ganzen Monat her, dass Christian und sie im Supermarkt zusammengestoßen waren. Ein ganzer Monat, in dem er nicht mehr in den Buchladen gekommen und auch sonst keinerlei Kontakt gesucht hatte. Sarah hatte eigentlich nicht vorgehabt, ihn anzurufen. Doch da er ihr guttat, sie zum Lachen brachte, und sie wieder allzu oft an Sam denken musste, hatte sie sich schließlich dazu durchgerungen, ihn anzurufen.

Ja, es war unfair und gemein, ihn als Lückenbüßer zu benutzen. Aber tat er nicht dasselbe mit ihr? Wenn seine Frau nicht da war, suchte er Kontakt.
Und Sarah würde halt Kontakt suchen, solange sie noch nicht über Sam hinweg war. Sie brauchte das, brauchte dringend Nähe.
Christian unterbrach ihren Gedankengang, der sie zu lange hatte schweigen lassen.
»Hast du nur angerufen, um dich für den Käse zu bedanken?« Seine Stimme war sanft und freundlich, Hoffnung schwang in ihr mit. Sarah lächelte, sodass es durch die Leitung zu hören war.
»Nein ... nicht wirklich. Sag mal ... was hältst du von ... einem Spaziergang? Eine kleine Runde durch den Park?« In diesem Moment fiel ihr ein, dass sie sich dort auch mit Sam getroffen hatte.
»Oder nein, lieber doch woanders.« Aber es war zu spät. Christian hatte sofort angebissen. »Der Park klingt toll! Wann hast du denn Zeit?«
Es war Sonntagvormittag. Genau genommen hatte Sarah den ganzen Tag über Zeit.
»Jetzt?«

Sie trafen sich am Eingang des Stadtparks, wie sie es damals mit Sam gemacht hatte. Beinahe schien es ihr, als hätte all das in einem anderen Leben stattgefunden, in einem früheren Zeitalter. Nichtsdestotrotz verfluchte sie sich für die Auswahl des Treffpunktes. Es riss die Wunde ein Stück weit wieder auf, was genau das Gegenteil von dem war, was sie mit diesem Treffen hatte erreichen wollen.
Aber in einer Sache unterschied sich dieser Spaziergang deutlich von dem mit Sam: Christian war ein anderer

Mann, ein anderer Charakter. Er schwieg nicht so viel wie Sam. Stattdessen erzählte er Sarah von seinen Fernreisen und unterhielt sie mit lustigen Anekdoten, bis das Lachen der jungen Frau fröhlich durch den frühlingshaft blühenden Park hallte.
Er sah sie liebevoll an, strich ihr kurz über den Arm. »Du hast ein wunderbares Lachen, Sarah. Allein schon dafür hat sich der Spaziergang gelohnt.«
Sie erwiderte sein Lächeln gleichermaßen innig und ließ es zu, dass er verspielt nach ihrer Hand griff, seinen Daumen über ihren Handrücken streichen ließ. Eine Weile gingen sie schweigend nebeneinanderher.
»Du hast dich verändert«, sagte sie, um die Stille zu durchbrechen.
Christian nickte, blieb stehen und schaute sie direkt an.
»Du dich auch, Sarah. Was ist mit dir passiert?«
Was sollte sie dazu sagen? Sie wollte ihm nicht erklären, dass ein anderer Mann sie so tief verletzt hatte, dass sie sich sicher war, nie wieder lieben zu können, den Glauben an die Liebe komplett verloren hatte. Sie wollte nicht zugeben, dass sie noch immer fast keine Luft bekam, wenn sie an Sam dachte. Dass jeder Schritt in diesem Park beinahe körperlich wehtat, weil er sie an diesen Mann erinnerte.
»Manche Dinge im Leben verändern einen eben. Aber ... du tust mir gut.«
Überrascht hielt Christian die Luft an, als sie ihn, einem plötzlichen Impuls folgend, fest umarmte.
»Sarah.« Seine Stimme klang heiser an ihrem Ohr.
Er fühlte sich gut an. Es fühlte sich so gut und so echt an, endlich wieder die Wärme eines anderen Körpers zu spüren, auch wenn es der Falsche war. Seine Wange lag warm auf ihrer, seine Lippen strichen zärtlich über ihr Ohr.

Seine Hände hatten sich um ihre Hüften gelegt, hielten sie behutsam fest. Sarah wusste, dass es nicht der richtige Weg war, um ihre Probleme zu lösen. Aber was, wenn es half, ihr Herz zu heilen? *Dann wärst du in den nächsten verheirateten Mann verliebt.*
Keinesfalls würde sie ihr Herz riskieren. Alles, nur das nicht. Und so schloss sie ihre Gefühle tief in sich ein, als sie ihm ihr Gesicht zuwandte, tief in seine Augen sah und ihn küsste. Christian reagierte sofort darauf, unfähig, sich noch länger zurückzuhalten. Mit einer Hand presste er ihr Becken so fest gegen ihres, dass sie leise aufstöhnte, während er gleichzeitig ohne Mühe ihren Mund öffnete und ihn mit seiner Zunge eroberte. Sarah ließ es zu und erwiderte seinen stürmischen Kuss in gleichem Maße. Wie eine Ertrinkende klammerte sie sich an ihn und versuchte dabei, sich nicht Sam vorzustellen.
»Sarah, komm mit zu mir.« Er flüsterte es nur, dicht an ihren Lippen, die von seinem Kuss noch feucht glänzten.
»Deine Frau ...«
»Sibylle ist in Indonesien. Wir können ...«
Sie wusste, was er sagen wollte. *Wir können miteinander schlafen. Wir haben das Haus ganz für uns allein.*
Einen Augenblick lang stellte sie sich vor, wie es sein mochte. Würde er sie in seinem Bett verführen, in dem Bett, in dem er sonst mit Sibylle schlief? Oder würden sie auf dem Boden landen, auf der Couch? War er ein zärtlicher oder stürmischer Liebhaber?
Plötzlich bekam sie Angst. Sie wusste, dass sie nicht bereit dafür war. Dass sie das nicht tun sollte. Dass es abgrundtief falsch war. Schon dieser Kuss hatte sich, tief in ihr, angefühlt, als würde sie Sam betrügen. Und sie würde Christian so dazu bringen, seine Frau zu betrügen.
»Nicht heute«, erwiderte sie daher leise. »Es ist ... noch zu

früh.«
Warum sie den Hoffnungsschimmer auf ein späteres Treffen in ihm säte, konnte Sarah selbst nicht sagen.
Er nickte verständnisvoll, umrahmte ihr Gesicht mit seinen Händen, küsste sie wieder. Sanfter dieses Mal, ohne Eile. Ihr Duft vermischte sich mit dem Geruch der ersten Frühlingsblumen und sie herum. »Ich werde warten. Wir haben alle Zeit der Welt.«
Dann ging Sarah und ließ den Mann glücklich über den Dingen schwebend zurück, während sie selbst am liebsten geweint hätte.

15

Es war bereits Mitte Mai, als Sarah Christian wiedersah. Nach ihrem Rendezvous im Park hatten sie weder telefoniert noch sich gesehen. Sie vermutete, dass seine Frau ihren Mann mit ihrer Anwesenheit beglückte und ließ ihn in Ruhe.
An einem sonnigen, beinahe sommerlichen Mittwoch stand er unvermittelt im Buchladen und sah sich scheinbar interessiert die Auslage an, bis Sarah eine Kundin fertig bedient hatte, sich umdrehte und ihn sah.
»Christian! Wir haben uns lange nicht gesehen. Wie geht es dir? Brauchst du neuen Lesestoff?«
Er lächelte etwas gequält und umarmte Sarah, anstatt ihre Hand zu nehmen, die sie ihm zum Gruß reichte. Dicht an ihr Ohr gepresst flüsterte er: »Müssen wir wirklich wieder von vorn anfangen? Ich brauche kein Buch, Sarah. Ich brauche dich.«
Dann ließ er sie wieder los, tastete ihre Züge mit einem liebevollen Blick ab.

»Warst du in der Sonne? Du bekommst Sommersprossen.«
Sarah wischte sich mit einer Hand über die Wange, als könnte sie die hellbraunen Tupfen damit wegwischen.
»Nur auf dem Balkon.«
Er zog sie ein Stück zur Seite, sodass sie etwas abseits der anderen Kunden standen. »Meine Frau ist für eine Woche in Paris. Ich möchte dich sehen.«
Sie nickte langsam, hielt den Blick gesenkt. Christian interpretierte ihren Gesichtsausdruck falsch.
»Ich will auch mehr, glaub mir. Aber im Moment ...«
Sarah schnappte überrascht nach Luft. Wie konnte sie die Situation am besten wieder entschärfen?
»Eh ... ich meinte nicht ... es ist völlig in Ordnung so, glaub mir! Ich wollte nur wissen ... ach, ich weiß auch nicht. Aber es ist wirklich alles okay. Mach dir keine Sorgen.«
Worüber sprechen wir hier eigentlich? Reden wir von derselben Sache?
Seine Hand griff plötzlich fest nach ihrem Arm. »Es ist *nicht* in Ordnung. Nicht für mich. Sarah, komm mit mir.«
Das Flehen in seiner Stimme war kaum zu überhören. Sie sah ihm fest in die von Lachfältchen eingerahmten Augen und dachte plötzlich: *Warum eigentlich nicht? Sam ist Vergangenheit. Christian ist hier. Warum nicht ein bisschen Spaß haben?*
»Jetzt sofort?«
Er nickte. Sarah zögerte nur Sekunden, bevor sie in den hinteren Teil des Buchladens ging, sich bei Tina entschuldigte und ihm nach draußen folgte, zu seinem Auto.

Während der Fahrt zu ihm schwiegen sie, sahen einander nicht an. Doch seine Hand, die gefährlich nahe am Schritt auf ihrem Oberschenkel lag, schickte Stromstöße zwischen ihre Beine. Seine Hand zitterte, wenn er die Gangschaltung betätigte. Die Luft zwischen ihnen schien vor elektrischer Ladung zu vibrieren.

Als er vor seiner Garage geparkt hatte, ging er um den Wagen herum und öffnete ihr, ganz Gentleman, die Beifahrertür. Schloss das Auto ab, nahm ihre Hand und hielt sie fest. Es war, als ob er Angst hätte, Sarah könnte ihm davonlaufen, wenn er sie auch nur für eine Sekunde losließ.

Als er die Haustür hinter sich geschlossen hatte und mit ihr in dem geräumigen Flur stand, gab es kein Halten mehr. Bebend vor Gier schloss er sie in die Arme und küsste sie leidenschaftlich. Sarah ließ es mit hämmerndem Herzen zu, erwiderte seine Umarmung. Sie ließ sich von ihm auf den Boden drücken, wo er keine Zeit verlor und mit einer Hand unter ihr Shirt glitt, sich schwer auf sie legte.

»Sarah ...« Seine Worte verklangen an ihren Lippen, seine Zunge legte wortlos Gesagtes in ihren Mund. Unvermittelt glitt seine Hand in ihre Hose. Sie zuckte zusammen, wollte ihn abhalten. Es ging alles so rasend schnell! Fühlte es sich immer so an, wenn man nicht mit dem Herzen dabei war?

»Bitte, wehr dich nicht. Ich will dich nehmen, jetzt sofort. Und nachher will ich dich ganz langsam verführen.«

Innerlich lachte Sarah auf. *Wie schön, er hat einen Plan!*

Im selben Moment wusste sie, dass es nicht richtig war. Sie fühlte nichts! Ihr Körper reagierte zwar auf die Berührungen, aber es gefiel ihr nicht. Beinahe ekelte sie sich vor Christians Händen und dem Lustgefühl, das sie verursachten.

Eine eindringliche Stimme meldete sich in ihrem Hinterkopf: *Ist es das, was du willst? Sex haben wie eine*

Maschine? Wird dich das dazu bringen, Sam zu vergessen?
Ein Schluchzen entfuhr ihr, als sie Luft holte. Unerbittlich rollte die erste Träne aus ihrem Augenwinkel, sickerte langsam und unbemerkt in ihre Ohrmuschel, während sie dort am Boden lag und Christians Berührungen über sich ergehen ließ. Doch die Träne blieb nur *beinahe* unbemerkt. Sein Blick streifte die feuchte Tränenspur, als er ihren Hals küssen wollte. Sofort hielt er inne.
»Was ist los?«
Seine Stimme klang sanft. Er setzte sich neben sie, wischte mit dem Daumen die feuchte Spur von ihrer Haut.
»Tränen waren nicht gerade die Reaktion, die ich mir erhofft hatte. Was hast du? Gefällt es dir nicht?«
Sarah schluchzte erneut, kaum fähig, ihre Gefühle zu unterdrücken. *Oh Gott Sam, warum bist du nicht bei mir?*
»Es liegt nicht an dir, es ...«
Sofort legte Christian ihr die Finger über die Lippen.
»Bitte nicht. Nicht diesen abgedroschenen Spruch. Tu uns das nicht an.«
Sarah verstummte, wischte sich weitere Tränen ab und setzte sich ebenfalls auf.
»Okay. Du hast es verdient, zu wissen, was los ist. Ich bin vor einiger Zeit ... sehr von einem Mann verletzt worden.«
Christian nickte verständnisvoll. »Und das hast du noch nicht hinter dir gelassen.«
Sie schüttelte den Kopf. Eine Weile saßen sie stumm nebeneinander. Sarah rieb sich müde über die Augen.
»Ich schätze, jetzt willst du mich nicht mehr wiedersehen, oder?«
Er sah sie überrascht an. »Wie kommst du denn darauf?«
»Na ja, weil ich ... diese emotionale Baustelle mit mir herumschleppe.«

Er stand auf und half ihr ebenfalls auf die Füße, nahm sie fest in die Arme, bevor er ihr in die Augen sah und sagte: »Jetzt hör mir mal gut zu, mein Mädchen. Du bist noch nicht so weit, mit mir zu schlafen. Ich habe gemerkt, dass du es möchtest, aber nicht kannst. Das ist in Ordnung. Ich wäre ein toller Freund, wenn ich deswegen direkt den Kontakt zu dir abbrechen würde. Wir lassen es einfach ruhig angehen, okay? Alles passiert nur dann, wenn wir es beide wirklich wollen.«
Sarah war unendlich erleichtert. In dieser Sekunde wusste sie, dass sie Christian vertraute und ihn als Freund schätzte. Sie konnte nicht sagen, ob sie je über die innigen Küsse hinauskommen würden. Aber sie war sich sicher, dass er immer für sie da sein würde.
Ganz im Gegensatz zu Sam.
Um ihm ihre Dankbarkeit zu zeigen, küsste Sarah Christian zärtlich, obwohl ihr in dem Moment gar nicht danach war. Er genoss es spürbar, und das zählte.
»Ich fahre dich zurück in den Laden, ja?«
Sarah lächelte zustimmend und konnte sich nicht entscheiden, ob ihr Herz schwer oder leicht sein wollte.

16

Die folgenden sechs Monate entwickelten eine seltsame Gleichförmigkeit. Sarah führte ihren Buchladen wie gewohnt weiter und eroberte sich einen Teil ihrer Lebensfreude zurück, dachte sich neue Raffinessen und Verkaufsideen aus, die sie gemeinsam mit Tina umsetzte. Für jeden Außenstehenden war sie wieder ganz die Alte.
Alle paar Wochen bekam sie einen Anruf von Christian, wenn Sibylle wieder einmal auf Geschäftsreise war. Dann

trafen sie sich, gingen zusammen ins Museum und ins Theater, in Restaurants außerhalb der Stadt oder in das kleine Kino, das ausnahmslos französische Filme zeigte. Sarah genoss es, dass Christian sie zum Lachen brachte und sie seine Nähe suchen konnte, wann immer sie sich nach Wärme sehnte, und dass er nie mehr verlangte, als sie zu geben bereit war.
Meistens küssten sie sich innig, wenn er sie vor ihrer Haustür absetzte. Er kam nie mit nach oben, auch wenn er es gern getan hätte. Er hatte sich bis über beide Ohren in diese Frau verliebt, die ihn nie ganz an sich heranließ. Stets übertünchte sie ihre Verletzlichkeit mit Humor, und ihr Lachen brachte alles in ihm zum Leuchten. Sie gab nie mehr von sich preis, als sie musste, weshalb er trotz der guten Freundschaft auch nach einem halben Jahr noch beinahe nichts über sie wusste. Ihm war völlig klar, dass er sein Leben auf den Kopf stellen und mit ihr durchbrennen würde, sollte sie ihm auch nur das kleinste Signal geben, dies ebenfalls zu wollen. Aber das Signal blieb aus.

Es war bereits November, als Christian langsam aber sicher klar wurde, dass sein Herz dieses Spiel nicht ewig mitmachen würde. Es begann, weh zu tun, dass sie ihn nicht in ihr Inneres blicken ließ, ihm nicht die Chance gab, ihren ewig währenden Kummer zu heilen.
Wenn er Sarah küsste, leidenschaftlich ihren Mund erforschte, ließ sie es zu und erwiderte die Küsse, aber es war stets deutlich spürbar, dass sie nicht mit dem Herzen dabei war. Dass ihre Gedanken woanders waren und sie nur auf das reagierte, was er ihr gab. Wenn er ehrlich zu sich selbst war, war das weder angenehm noch annehmbar, selbst für ihn nicht. Er fühlte sich zunehmend

benutzt und wusste, dass er diese Affäre, wenn man sie denn als solche bezeichnen wollte, irgendwann beenden musste.

Als sie sich an einem Freitagabend trafen, dem ersten Freitag im November, wurde das nur allzu deutlich.
Christian hatte Sarah zu sich nach Hause eingeladen. Er wollte für sie kochen, das hatte er ihr bereits gesagt. Was sie noch nicht wusste war, dass er sie daran anschließend verführen und einen letzten Versuch starten wollte, ihren Körper *und* ihr Herz zu erobern.
Sie saßen gemütlich bei Kerzenschein zusammen, genossen den Fisch im Salzmantel, den er eigens zubereitet hatte, und tranken dazu einen trockenen Weißen aus dem Moseltal. Alles war perfekt, und Sarah fühlte sich offensichtlich wohl mit und bei ihm.
Nach dem Essen bat er sie, die Augen zu schließen. Sarah tat es ohne Widerrede, da sie Christian mittlerweile vertraute und außerdem den Alkohol spürte. Er führte sie ins Schlafzimmer und küsste sie, bat sie, die Augen weiter geschlossen zu halten. Sie erhob, angesäuselt von dem kräftigen Wein, keinen Einspruch und versuchte nicht, die Augen zu öffnen und sich zu orientieren. Christian ließ sie gerade so viel Abstand vom Bett halten, dass sie nicht spüren konnte, in welchem Zimmer sie sich befanden.
Er liebkoste ihre Brüste durch den Stoff ihrer Bluse, strich über ihre kleinen harten Hügel, bis ihr Atem schwerer wurde. Öffnete die Knöpfe des feinen Stoffs und streifte ihr die Bluse von den Schultern, sodass sie zu Boden fiel.
Völlig von ihrem Anblick gefangen hielt er inne und betrachtete sie. So weit war er noch nie gekommen.
Vorsichtig, wie um das Raubtier in ihr nicht zu wecken, streifte er die Träger ihres BHs ab, bis sie an den Armen

herunterhingen und den Stoff über der Brust zu Fall brachten. Sarah ließ es zu, dass er sie küsste, mit der Zunge sanft über ihre Nippel glitt, bis ihr Becken zu brennen begann und ihr ein leises Stöhnen entfuhr. Dann drückte er sie auf das weiche Bett, ließ seine Hand ohne Umschweife unter ihren Rock gleiten und versenkte seine Finger zwischen ihren Beinen.
Sie hielt die Augen geschlossen und sagte kein Wort, während sie sich erregt an ihn drängte und unter seiner Hand der Erlösung entgegen zuckte.
Auf diesen Moment hatte Christian gewartet. Berauscht hatte er beobachtet, wie sie sich vor Lust wand. Jetzt musste sie sich zu ihm drehen, ihn verträumt ansehen. Ihn küssen und endlich zulassen, dass er es ganz zu Ende brachte.
Sarah holte Luft, seufzte leise. »Sam.«
Kaum hörbar perlte der Name über ihre Lippen, ein Hauch in der süßlich duftenden Luft des Schlafzimmers. Und schnitt Christian so tief ins Herz, wie es nur möglich war, wenn man innig liebte.
Er zog seine Hand zurück, stand auf. Plötzlich wusste er nicht mehr, was er tun sollte. Es lief anders als geplant!
Er war sich, als sie ihn nicht zurückwies, *so* sicher gewesen, dass sie endlich weich wurde. Nur um jetzt zu erkennen, dass sie die ganze Zeit an einen anderen gedacht hatte. Wenigstens kannte er nun endlich seinen Namen.
Sarah schlug die Augen auf. Sie sah ihn vor dem Bett stehen, die Hose ausgebeult und halb geöffnet, aber mit verletztem Gesichtsausdruck. Sofort wurde ihr klar, was passiert war.
»Christian, bitte ...« Er brachte sie mit einer müden Handbewegung zum Schweigen.
»Nein, lass. Es ist ... du hast mich nie angelogen. Ich

wusste, dass du nicht bereit bist. Es ist okay.«
Sarahs Herz hämmerte. Noch immer spürte sie das Beben, das Christians Finger in ihr hinterlassen hatten. Es war nicht wieder gutzumachen.
»Komm, ich fahre dich nach Hause. Es war ein langer Abend.«
Sarah zog sich beschämt wieder an. Eine tiefe Traurigkeit breitete sich unaufhaltsam in ihr aus. Es war die Gewissheit, an diesem Abend einen Freund verloren zu haben.

Während der Heimfahrt fanden sie endlich ihre Sprache wieder. Christian sah sie kurz von der Seite an.
»Hättest du mit mir geschlafen, wenn ... sein Name nicht dazwischen gekommen wäre? Ich meine ... hättest du mit *mir* geschlafen?«
Sarah schüttelte schwach den Kopf und betrachtete eindringlich ihre Hände, die gefaltet in ihrem Schoß lagen.
»Es tut mir leid. Ich hätte dir so gern gegeben, was du dir wünschst. Aber ...«
Er lächelte und sagte: »Das Herz macht, was es will.«
Sie nickte und legte den Kopf zurück. »Wenn du einmal so tief geliebt hast und ebenso tief verletzt worden bist ... solche Wunden heilen nicht. Vielleicht nie.«
Christian antwortete nicht. Sagte ihr nicht, dass sie gerade genau beschrieben hatte, wie er sich fühlte. Sie hatte sein Herz gebrochen, ohne es zu wissen.
Er wusste: Es war vorbei.
Er würde weiterhin mit Sibylle leben, würde zu ihr zurückkehren, ohne dass sie je erfahren würde, dass sein Herz weg gewesen war. Aber Sarah würde er nie vergessen. Ihre besondere Art, ihren Zauber in der Welt auszuschütten und sie damit zum Leuchten zu bringen.

Ihren Buchladen, der einen aus der Realität herausriss, sodass man ihn nie wieder verlassen wollte. Ihr Lachen, das die Sonne selbst ein wenig heller zu machen schien.

Als sie ausgestiegen war und sich die Haustür nach einem letzten, verzweifelten Abschiedskuss hinter ihr geschlossen hatte, fuhr er nach Hause und weinte zum ersten Mal in seinem Leben haltlos und bitterlich.

17

Sarah saß auf der Couch, eine mittlerweile kalte Tasse Tee vor sich. Seit einer Stunde saß sie dort, hörte dem prasselnden Novemberregen zu und starrte Löcher in die Platte des Couchtisches.
Am Abend zuvor hatte sie bei Christian auf dem Bett gelegen und sich von ihm berühren lassen. Und sich danach so einsam gefühlt wie nie zuvor in ihrem Leben - und schuldig.
Sie fühlte sich schuldig diesem liebenswerten Mann gegenüber, der ihr stets das Beste gegeben hatte und dessen Geduld keine Grenzen kannte. Nun gut, fast keine Grenzen.
Und sie fühlte sich schuldig gegenüber Sam, obwohl gerade *er* ihre Schuldgefühle am wenigsten verdient hatte! Sam, der es nie ernst mit ihr gemeint hatte. Der sie zu einer Affäre degradiert hatte, als sie glaubte, ein Leben mit ihm haben zu können. Sie wollte ihn hassen, seit nun schon beinahe einem Jahr. Stattdessen vermisste sie ihn noch immer schmerzlich und hasste sich selbst dafür.
Ich muss etwas tun. Ich muss mein Leben ändern, ich will raus aus diesem ewig gleichen Elend! Ich muss ...

Das Klingeln der Tür riss sie aus ihren Gedanken. Verwundert blickte sie auf. Hatte Christian doch nicht aufgeben können?
Sie stand auf, drückte den Knopf der Sprechanlage.
»Ja?« – Keine Reaktion.
»Wer ist da, bitte?«
Sie zuckte zurück, als es plötzlich an der Tür direkt vor ihrer Nase klopfte! Doch der Spion war dunkel. Alarmiert öffnete sie die Tür, schrie auf und wollte sie sofort wieder schließen! Ein energischer Fuß stellte sich in die Öffnung und verhinderte es.
»NEIN!« Sarah brach in Tränen aus und taumelte zurück.

Sam trat in den Flur und machte die Wohnungstür etwas zu unsanft hinter sich zu. Ganz ruhig sagte er: »Sarah, bitte beruhige dich. Ich muss mit dir reden. Ich muss *endlich* mit dir reden.«
Sie konnte nicht glauben, dass er da war. Durch einen Tränenschleier hindurch sah sie ihn an, weigerte sich zu begreifen, dass er wirklich und leibhaftig in ihrem Korridor stand und vor Nässe triefte. Wie sie damals in seinem Haus, bevor er ...
Endlich brach die Sehnsucht des vergangenen Jahres aus ihr heraus, ebenso wie all der Schmerz. Mit einem Aufschrei stieß sie ihre Hände gegen seine Brust, wollte ihn wegschubsen. Aber er blieb stehen wie festgewachsen, hielt ihrem Angriff stand.
»Nein!«
Sie wollte ihm die Augen auskratzen, weil er sie so sehr verletzt hatte. Gleichzeitig hätte sie sich am liebsten haltlos in seine Arme gestürzt, ihn gespürt und nie mehr losgelassen.
Hilflos dem Widerstreit ihrer eigenen Gefühle ausgeliefert

stand sie vor ihm, spürte, wie eine bleierne Müdigkeit von ihr Besitz ergriff. »Bitte ... geh doch einfach. Hast du nicht genug angerichtet?«
Und noch während sie das sagte, wusste sie, dass sie innerlich sterben würde, wenn er jetzt wirklich ginge. Er würde gehen und alle Atemluft der Welt mit sich nehmen, sodass sie ersticken würde.
Plötzlich rang sie so hysterisch nach Luft, als ob er bereits wieder gegangen wäre. Sam war klar, dass sie gerade im Begriff war, einen kompletten Nervenzusammenbruch zu bekommen, kam auf sie zu und wollte sie fest in die Arme nehmen. Aber sie wehrte sich! Sie schlug mit den Fäusten auf seine Brust ein und weinte laut, sodass er ihre Handgelenke einfangen und auf ihren Rücken drehen musste. Unerbittlich hielt er sie dort fest, flüsterte ihr leise beruhigende Worte ins Ohr, bis sie endlich an Kraft verlor und ihre Stirn matt gegen seinen Brustkorb sinken ließ.
»Sam ...«
Sie flüsterte den Namen in die nasse Jacke, sog seinen Duft tief ein. Dann weinte sie nur noch leise, wimmerte hilflos in seinen Armen, während er weiter auf sie einredete.
»Ich habe mich so lange danach gesehnt, endlich mit dir zu reden. Die letzten Monate haben mich fast um den Verstand gebracht. Sarah, ich muss dir einiges erklären. Wenn du dann immer noch willst, dass ich dich in Ruhe lasse, werde ich das tun, aber vorher hör mich bitte an. Gib uns diese Chance.«
Er brauchte die unzähligen Nachrichten nicht zu erwähnen, all die unbeantworteten Anrufe. Er hatte ihr alles bereits in diesen E-Mails erklärt, wohl wissend, dass sie nichts davon je gelesen hatte.
»Ich ziehe jetzt meine nasse Jacke aus. Und dann möchte

ich reden. Bitte wehr dich nicht wieder, mein Schatz.«
Zu müde, um zu reagieren, blieb sie stehen, als Sam sie losließ, seine Jacke abstreifte, bis sie zu Boden fiel, und sie sofort wieder in den Arm nahm.
Hat er gerade ›mein Schatz‹ gesagt?
Sie lehnte ihren Kopf erneut an Sams Brust, denn er schien plötzlich viel zu schwer zu sein, um ihn allein durch Muskelkraft auf ihrem Hals zu halten.
»Wo ist deine Frau?«
Sie hatte es nicht fragen wollen. Die Worte hatten sich selbstständig gemacht und ihren Mund verlassen, bevor sie dem hätte entgegen wirken können.
»Violet ist nicht mehr meine Frau.«
Die Worte standen im Raum, groß und bedeutungsschwer. Sarah versuchte zu atmen, aber es gelang ihr nicht. Tonlos brachte sie hervor: »Was heißt das?«
Sie wollte ein wenig Abstand gewinnen, aber Sam hielt sie weiter in seinen Armen, als fürchtete er, sie zu verlieren, sobald er sie losließ.
»Ich werde ganz von vorn anfangen, wenn du nichts dagegen hast. Hör bitte einfach zu.«
Er holte tief Luft und wurde dann endlich los, was ihm seit Monaten auf der Seele brannte: »Violet und ich haben vor elf Jahren geheiratet. Alles schien gut zu sein, aber ich war wohl nicht der beste Ehemann, habe ihr nicht die Aufmerksamkeit geschenkt, die sie verdient hatte.«
Sarah wollte etwas in der Art wie ›Das überrascht mich nicht‹ erwidern. Aber sie blieb stumm. Allein die Tatsache, dass er von dieser Frau erzählte, tat so weh, dass sie kein Wort herausbrachte.
»Drei Jahre nach unserer Hochzeit verschwand sie plötzlich. Ich kam von der Arbeit nach Hause und sie war weg, hatte alles mitgenommen. Unsere Beziehung war zu

dem Zeitpunkt schon so abgekühlt, dass es nicht wirklich wehtat. Trotzdem stellte ich natürlich Nachforschungen an. Aber Violet war nicht aufzufinden. Als hätte der Erdboden sie verschluckt! Ich setzte sogar Privatdetektive auf sie an, aber niemand konnte sie finden.«

Sam hatte all dies leise an Sarahs Ohr gesagt, hielt sie die ganze Zeit fest. Nun zog er sich gerade so weit zurück, dass er sie ansehen konnte, und bekam fast keine Luft mehr, als er den Schmerz in ihren Augen sah. Erst jetzt, in dieser Sekunde, begriff er, wie sehr er ihr wehgetan hatte. Aber er musste es erst zu Ende bringen. *Dann* konnte er sie trösten.

»Sie hat nie die Scheidung eingereicht. All die Jahre habe ich als Single gelebt und irgendwann verdrängt, dass ich auf dem Papier noch immer eine Ehefrau hatte. Ich hätte nie mehr heiraten können, aber was alles andere angeht, spielte es keine Rolle, ob sie existierte oder nicht.«

Sarah versuchte, klar zu denken. Das alles ergab keinen Sinn. Es ergab einfach keinen Sinn.

»Aber ...« Sam drückte ihr einen kurzen Kuss auf den Mund, um ihren Einspruch im Keim zu ersticken. Die unerwartet vertraute Geste ließ sie beide zusammenzucken. Sam hatte Mühe, ihre Lippen wieder loszulassen, während Sarah darum kämpfte, auf ihren butterweichen Beinen stehenzubleiben.

»An dem Morgen, nachdem wir ... als wir ...«

Sie versteifte sich. Die Erinnerung an jenen Morgen kam zurück, an dem sie überglücklich in Sams Armen gelegen hatte, um nur Minuten später auf grausamste Weise aus dieser heilen Welt gerissen zu werden.

»Ich hatte keine Ahnung, dass sie kommt. Ich war genauso überrascht wie du. Ich hatte sieben Jahre lang nichts von ihr gehört und gesehen. Glaub mir bitte, es war auch für

mich ein Schock. Vor allem einer im falschen Moment. Ich hatte doch gerade erst begriffen, dass ich ...« Er brachte den Satz nicht zu Ende.
Sarah versuchte immer noch verzweifelt, regelmäßig zu atmen. In ihrem Kopf herrschte ein heilloses Chaos.
»Ich verstehe nicht ...«
»Sarah, ich wollte es dir erklären. Deswegen bin ich dir nachgelaufen. Ich wollte sofort reinen Tisch machen. Dir sagen, dass Violet gehen muss, dass du und ich jetzt zusammenstehen. Aber du bist weggerannt.«
Ihre Ohren begannen, zu dröhnen. »Was wolltest du mir erklären?«
Sam entließ sie aus der Umarmung und umrahmte stattdessen ihr Gesicht mit seinen Händen.
»Schon als wir uns damals im Park getroffen haben, habe ich gemerkt, dass es für eine platonische Freundschaft erheblich zu kräftig zwischen uns knistert. Und als du dann übers Wochenende bei mir warst ... es fühlte sich richtig an. Als müsste es so sein. Ich konnte nicht widerstehen, dich zu küssen. Aber gleichzeitig ... wollte ich unsere Freundschaft nicht riskieren. Du warst zurückhaltend, und ich wusste nicht, wie du darüber denkst. Ich habe mich ... einfach nicht getraut, den nächsten Schritt zu tun. Aber Sarah, ich hatte genauso viel Sehnsucht wie du! Und als du dann vor meiner Tür standst und mir ins Gesicht gesagt hast, dass dir eine Freundschaft nicht reicht ... das hat mich so glücklich gemacht! Und es war so mutig von dir! In diesem Moment, wenn nicht schon vorher, wusste ich mit Sicherheit, dass ich ...«
Er zögerte, und sie sah, dass er mit sich kämpfte, bevor er weitersprach: »Dass ich dich liebe, Sarah.«
Sam konnte gerade eben noch seinen Arm um ihre Hüfte legen, als ihre Beine nachgaben. Behutsam stützte er sie,

als sie auf den Boden glitt und dort fassungslos sitzenblieb. Kurzerhand kniete er sich vor sie, nahm sie wieder in die Arme und wiegte sie hin und her.
»Violet hatte wohl Jahre in Kuba verbracht. Was auch immer sie dort wollte. Als du weggelaufen warst und ich zurück zum Haus kam, wollte sie allen Ernstes wieder einziehen. Ich habe sie achtkantig rausgeschmissen und ihr gesagt, dass ich mich sofort scheiden lassen werde. Ich wollte es dir erzählen, aber du bist nicht ans Telefon gegangen, hast meine E-Mails nicht beantwortet. Und dann, nach einer Weile, habe ich gedacht, dass es vielleicht besser ist, wenn ich erst alles in Reine bringe, bevor ich wieder zu dir komme. Wenn ich mich erst scheiden und alles hinter mir lasse.«

Es herrschte Totenstille in der Wohnung, abgesehen vom Ticken der Wanduhr im Wohnzimmer, das leise zu ihnen in den Korridor drang.
Sarah hatte aufgehört zu weinen. Sams Arme fühlten sich plötzlich unendlich sicher an. Sie spürte, wie er sanfte Küsse auf ihren Scheitel drückte. Sein warmer Atem blies einzelne Haare auseinander.
Irgendwann hob sie den Kopf, blickte ihm in die Augen.
»Ich habe Zeit verschwendet.«
»Was meinst du?«, fragte er und strich ihr ein Haar hinter das Ohr.
»Ich bin weggelaufen, weil der Schock zu groß war. Ich habe dir keine Chance gegeben, es zu erklären. Hätte ich es getan, hätte ich sofort gewusst, dass du zu mir stehst. Ich habe ein Jahr vergeudet, in dem wir beide gelitten haben. Ein Jahr, durch das wir gemeinsam hätten gehen können.« Sie zögerte.
»Hast du ... hast du das wirklich ernst gemeint, was du

eben gesagt hast?«
Er verstand sie sofort. »Dass ich dich liebe? – Ja. Ich wollte es mir lange Zeit nicht eingestehen, aber ich liebe dich von ganzem Herzen. Und wenn du es möchtest ... möchte ich mit dir leben. In England, in meinem Haus. Es könnte *unser* Haus sein, wenn du es willst.«
Wider Willen begann sie erneut, zu weinen. Er hatte es gesagt. Er hatte es *endlich* gesagt. Und sie glaubte ihm. Sarah konnte nicht in Worte fassen, wie glücklich sie war, sich nicht auf Christian eingelassen zu haben. Sie hatte Sam nicht betrogen. Ihr Herz hatte die ganze Zeit auf ihn gewartet. Und nun war er da.
»Ich liebe dich auch, Sam. Ich liebe dich schon so furchtbar lange. Und ... als ich in dein Haus kam, damals, an dem Wochenende, fühlte es sich direkt wie ein Zuhause an. Ja, ich will mit dir mitkommen, Sam.«
Sie sahen einander sehr lange in die Augen. Sein warmer Blick schwemmte ihren Schmerz fort. Er sprengte die Verzweiflung in ihrer Brust, ließ das verzweifelte Sehnen zur Ruhe kommen. Zeit verschwand in der Bedeutungslosigkeit, während die vertraute Stille in ihr zurückkehrte, die sie immer empfunden hatte, wenn Sam bei ihr war.
Als er in ihren Augen endlich nur noch Liebe und Geborgenheit lesen konnte, näherte er sich vorsichtig ihren Lippen, öffnete ihren Mund und besiegelte ihre Liebe mit einem leidenschaftlichen Kuss.

Eineinhalb Jahre später

Sarah Winslow setzte sich erschöpft auf die Außentreppe. Den ganzen Nachmittag hatte sie im Garten gearbeitet, zusammen mit ihrer Schwiegermutter.
Gemeinsam hatten die beiden Frauen den kleinen Kräuter- und Gemüsegarten angelegt, den sie sich schon seit Monaten gewünscht hatte, und Sarah hatte bereits die ersten Setzlinge von Lauch, verschiedenen Kohlsorten und Karotten eingepflanzt.
Als sie nun dort auf der Treppe saß, musste sie unvermittelt an den Abend denken, an dem Sam sie hier zum ersten Mal geküsst hatte. Es war wärmer gewesen an jenem Abend, doch bei weitem nicht so schön wie jetzt.
»Möchtest du auch ein Glas Wein?«, fragte Sam von der Terrassentür her.
Sarah schüttelte den Kopf, drehte sich aber lächelnd zu ihrem Mann um.
»Komm her, Schatz. Setz dich zu mir und schau dir an, was deine Mum und ich heute geleistet haben.«
Er ging zu ihr hinüber und setzte sich dicht neben sie, legte seinen Arm um ihre Schultern.
»Deswegen war sie eben so müde, als ich sie heimgefahren habe. Dein Garten ist toll geworden.«
Er küsste sie sanft auf den Mund.
»Und was machen wir mit der Fläche dort hinten? Möchtest du eine weiße Gartenbank haben?«
Sie lächelte. Das Timing war perfekt.
»Ich hatte eher an eine Hollywoodschaukel gedacht. Das ist auch viel praktischer.«
Sam musterte seine Frau irritiert. »Wieso denn praktisch? Ich verstehe dich nicht.«
Sarah lächelte und sah ihm liebevoll in die Augen.

»Na, auf einer Hollywoodschaukel können wir unser Baby viel leichter in den Schlaf wiegen als auf einer Bank. Oder meinst du nicht?«

Als Sam vor Überraschung seinen Wein auf ihrer Hose verschüttete, brach Sarah in schallendes Gelächter aus und umarmte ihren Mann stürmisch.

Lesen Sie mehr von der Autorin:

Eigentlich will Sylvia nur ausspannen und dem Alltag entfliehen, als sie sich in ein kleines Cottage an der malerischen Küste Südenglands zurückzieht. Doch die Magie dieses Ortes lässt sie schon in ihrer zweiten Nacht von einem versunkenen Schatz im Meer träumen. So realistisch, dass sie gegen jede Vernunft beschließt, danach zu suchen! Der attraktive Fischer David Ackland erklärt sich widerwillig bereit, ihr mit seinem Boot bei der Suche zu helfen. Aus gegenseitigem Misstrauen wird schnell eine starke Anziehungskraft, der sie sich nicht entziehen können. Völlig in ihre wachsende Leidenschaft versunken, erkennt Sylvia plötzlich, dass die Kisten im Meer nicht alles sind, wonach sie sucht...

Emily reist in ihre alte Heimat England, um den Nachlass ihrer Mutter zu regeln. Ein geheimnisvoller letzter Brief von ihr zwingt sie zu Nachforschungen über ein Familiengeheimnis, das sie schließlich mitten in die Arme des Vampirvolkes treibt. Der attraktive Clanführer Roy steht im Zentrum eines tödlichen Fluchs, den es zu brechen gilt. Auf der Suche nach der Wahrheit begibt sich Emily in Lebensgefahr. Was als Erpressung beginnt, endet in einem Strudel von Gefühlen. Plötzlich steht sie der schwersten Entscheidung ihres Lebens gegenüber...

Außerdem im Handel erhältlich:

Cindy Hamilton ist leidenschaftliche Journalistin und Realistin. Bis sich der gut aussehende Akim al Harun in ihre Träume schleicht, sie verführt und ihr eine schier unlösbare Aufgabe anvertraut: Cindy ist auserkoren, Akim von einem jahrtausendealten Fluch zu befreien. Gemeinsam mit dem Fotografen Richard Wayes, der in Cindy verliebt ist, macht sie sich im Oman und in Syrien auf die Suche nach den Artefakten, um den Fluch zu lüften.

Nicht nur das Verschwimmen von Realität und Traum lassen die Suche gefährlich werden: Cindy und ihre treuen Begleiter scheinen zudem gnadenlos verfolgt zu werden.

www.bettinamuenster.com